GEKAUFT VOM SCHEICH

DIE SCHEICHS VON HAVILAH

BUCH ZWEI

DIANA FRASER

Gekauft vom Scheich
von Diana Fraser

© 2024 Diana Fraser
dianafraser.com

Sie wurde einmal gekauft, er wird sie wieder kaufen...

-Die Scheichs von Havilah-
Das geheime Baby des Scheichs
Gekauft vom Scheich
Die verbotene Liebhaberin des Scheichs
Kapitulation vor dem Scheich
Genommen für den Harem des Scheichs

PROLOG

„Ich kann nicht nach Gharb Havilah gehen", wiederholte Gabrielle Taylor, diesmal mit mehr Nachdruck. „Ich kann einfach nicht gehen." Sie räusperte sich und setzte sich aufrechter hin, sah ihrer Professorin direkt in die Augen und hoffte, sie würde ihre Absage ohne Erklärung akzeptieren. Doch ein Blick in die sich verengenden Augen und sie wusste, dass es nicht so einfach sein würde.

Nicht zum ersten Mal wünschte sich Gabrielle, ihre Abteilungsleiterin wäre eine stereotype Oxford-Professorin - zerstreut und mit einem weniger festen Griff auf die Finanzen des Colleges. Stattdessen hatte sie das Pech, jemanden zu haben, der entschlossen war, ihr Oxford College in eine profitable Institution zu verwandeln.

„Gabrielle, ich werde Ihnen den Gefallen tun, offen zu sprechen. Wenn Sie diesen Beratungsauftrag in Gharb Havilah *nicht* annehmen, wenn Sie *nicht* in den Palast gehen und tun, was getan werden muss, werden Sie keinen Platz mehr an diesem College haben. Nicht nur *Sie* werden keinen Platz mehr haben, sondern auch genau vier Ihrer Kollegen. Ohne diese Finanzierung können wir uns unsere derzeitige Mitarbeiterzahl nicht leisten. Eine sehr *großzügige* Finanzierung, möchte ich hinzufügen."

Gabrielle schluckte und versuchte, ihren plötzlich trockenen Mund zu befeuchten. „Da muss ein Irrtum vorliegen." Als ihre Professorin sich über den Schreibtisch beugte, wurde ihr klar, dass sie es war, die einen Fehler gemacht hatte.

„Kein Fehler, Gabrielle. Das College läuft seit Jahren auf Sparflamme, unterstützt von anderen, wohlhabenderen Colleges. Wir *brauchen* diesen Zuschuss, und Sie *werden* ihn für uns bekommen."

Sie nickte und merkte, dass sie in die Enge getrieben worden war. Sie hatte keine Wahl. Dieses College war ihr Zuhause, ihr Retter, ihr ganzes Leben gewesen, seit... Nun, sie dachte nie daran, was davor gewesen war - es war immer noch zu schmerzhaft. Und dorthin zurückkehren? Sie beugte sich vor und gestikulierte hilflos. „Aber Sie verstehen nicht."

Die Professorin schüttelte ungeduldig den Kopf. „Sie haben recht, ich verstehe nicht. Sie haben mir nichts gesagt, was darauf hindeuten würde, dass eine Rückkehr nach Gharb Havilah zu diesem Zeitpunkt Ihrer Karriere nicht angemessen, nein, nicht *ideal* wäre. Sie haben die ersten achtzehn Jahre Ihres Lebens dort gelebt und seitdem immer wieder. Sie kennen die Kultur, die Artefakte und die Menschen aus erster Hand." Sie lehnte sich in ihrem Stuhl zurück und warf die Hände in die Luft. „Kommen Sie, Gabrielle, was könnte Sie davon abhalten, dorthin zurückzukehren?"

Sie musste es ihr sagen. *Jetzt.* Sie atmete die stickige, überhitzte Luft ein und versuchte, nach Gründen zu suchen, nach Worten, aber nur eine Sache kam ihr in den Sinn und weigerte sich zu gehen - das Bild eines Mannes, eines Mannes, den sie so sehr geliebt hatte, dass sie ihn verlassen hatte. Sie blickte in die grauen Augen der Dozentin aus Oxford und wusste, dass es keinen Sinn hatte, es ihr zu sagen. Es gab keine Möglichkeit, dass diese Augen durch Liebe beeinflusst werden konnten. Aber offensichtlich hatte sie, obwohl sie die Wahrheit nicht sagen konnte, ihrer Professorin ihre Resignation übermittelt.

„Gut. Dann wollen wir nichts mehr davon hören. Treffen Sie Ihre Reisevorbereitungen mit meiner Sekretärin, organisieren Sie Ihr Privatleben und seien Sie in einem Monat in Gharb Havilah.“

„In einem Monat? Ist das die ganze Vorankündigung, die ich bekomme?“

„Und wie viel brauchen Sie?“ Der sarkastische Unterton der Professorin war kaum zu überhören. „Ihre Zimmer im College werden noch da sein, wenn Sie zurückkommen. Sie haben keine Haustiere, keine Angehörigen. Vielleicht haben Sie einen Mann oder eine Frau, die Ihnen nahe stehen?“

Gabrielle schüttelte heftig den Kopf. Sie hatte dafür gesorgt, dass sie keine Bindungen hatte, vor allem keine Herzensbindungen. Denn man konnte niemanden lieben, wenn das eigene Herz gebrochen war. Es war, als wären die Ränder ihres Herzens gebrochen und versiegelt, niemals heilbar - erkaltet durch ihre akademische Arbeit, verätzt durch ihre Einsamkeit.

„Gut. Dann ist das geklärt. Sie werden den Vertrag bis ins kleinste Detail erfüllen."

„Aber ich bin Archäologin. Was weiß *ich* schon von Öffentlichkeitsarbeit?"

„Sie glauben offenbar, dass Sie etwas davon verstehen." Die Professorin scrollte durch den Vertrag auf ihrem Laptop. „Hier steht es. Sie wollen offenbar *Geschichten*. Geschichten über die Artefakte, für die Sie die führende Expertin sind." Sie verschränkte die Arme und richtete ihren stählernen Blick wieder auf Gabrielle.

„Geschichten?"

„Geschichten. Erfinden Sie sie, wenn es sein muss, aber erfüllen Sie diesen Vertrag, sonst gibt es keinen Job mehr für Sie."

„Und das ist nur für einen Monat?"

„Einen Monat. Der Vertrag endet an dem Tag, an dem das Land seinen zweitausendsten Geburtstag feiert. Ich bin sicher, Sie können sich für einen Monat Geschichten ausdenken?" Sie klappte ihren Laptop zu - ein Zeichen für Gabrielle zu gehen. „Es geht um Geld und die Zukunft des Colleges. Es hängt von Ihnen ab. Enttäuschen Sie mich nicht."

Gabrielles Mund war trocken vor Angst, als sie das Büro verließ. Erst auf der anderen Seite der Bürotür überkam sie die volle Wucht ihrer unterdrückten Gefühle. Sie lehnte sich gegen die geschlossene Tür und fühlte sich plötzlich schwach.

„Geht es Ihnen gut?", fragte die Sekretärin der Professorin. „Sie sehen aus, als hätten Sie ein Gespenst gesehen."

Gabrielle nickte. „Ja", antwortete sie zweideutig. Sie ging an der Sekretärin vorbei, die beruhigt zu sein schien, dass es Gabrielle gut ging. Aber Gabrielle war weit davon entfernt, in Ordnung zu sein, denn sie war einem Geist begegnet - einem Geist aus ihrer Vergangenheit, einem Geist, von dem sie gehofft hatte, ihn nie wieder zu sehen, einem Geist, den sie vor zwölf Monaten gezwungenermaßen verlassen hatte.

KAPITEL 1

König Zavian bin Ameen Al Rasheed warf einen Blick auf die Uhr, nahm einen weiteren Bericht vom Stapel und fuhr fort, seinem Sekretär zu diktieren. Doch sein Geist weigerte sich, sich ganz auf den Papierkram zu konzentrieren. Ein Teil davon wanderte zu dem Bild einer Frau - langes blondes Haar und Augen, die auf tausend Meter Entfernung verletzen konnten. Doch statt sie sich inmitten der Türme und Spitzen von Oxford vorzustellen und sich zu fragen, was sie gerade tat, wusste er jetzt, was sie tat. Sie war dabei, ihren Laptop wegzuräumen - er wusste, dass Gabrielle es sich nicht nehmen lassen würde, während eines zwölfstündigen Nonstop-Flugs zu arbeiten - und sich anzuschnallen, während das Flugzeug zum Landean- flug auf Gharb Havilah ansetzte.

Er verstummte und drehte den Kopf, um aus dem Fenster in den glühenden Himmel eines Junimorgens zu blicken, und stellte sich vor, er könne ihr Flugzeug sehen. Und sie darin, wie ihre Augen zum Fenster wanderten, auf der Suche nach ihrem ersten Blick auf Gharb Havilah nach zwölf langen Monaten.

„Eure Majestät?"

Er wandte sich wieder seinem Sekretär zu. „Ja?"

„Möchten Sie Ihre Antwort auf diesen Bericht ergänzen?"

Er blickte auf die Papiere hinunter und versuchte, sich wieder zu konzentrieren. Er hatte keine Ahnung, wo er war, warum er Gabrielle in Gharb Havilah brauchte.

Sein Sekretär half ihm auf die Sprünge, indem er die letzten Worte wiederholte, die er diktiert hatte, damit er fortfahren konnte. Als er fertig war, winkte er mit der Hand. „Du kannst gehen." Kaum hatte sein Sekretär den Raum verlassen, fiel sein Blick wieder auf die Uhr und sein Wesir betrat leise den Raum.

„Ah, Naseer, es ist Zeit."

Die verschleierten Augen des Wesirs verengten sich missbilligend. Zavian kannte die Gedanken seines Wesirs zu seinen Plänen, aber er war ausnahmsweise nicht bereit, sie zu diskutieren. Sie waren nicht verhandelbar. Es gab keine Möglichkeit, weiterzumachen, wenn sein Verstand zur einen Hälfte bei Gabrielle und zur anderen Hälfte bei der Führung seines Reiches war. Nein, er wollte sie hier haben, und er wollte sie aus seinem System haben. Die Realität, mit ihr zusammen zu sein, musste doch sein Verlangen nach ihr dämpfen, es wieder in ein normales Verhältnis bringen. Denn wenn er eines von seinem Wesir gelernt hatte, dann, dass Vertrautheit Verachtung erzeugt. Doch er brauchte keine Verachtung. Er musste nur seine Besessenheit lösen und seinen Durst stillen, dann brauchte er sie nicht mehr.

Zavian ging zur Tür, aber bevor er gehen konnte,

hustete Naseer. Zavian schluckte seine Ungeduld hinunter. Er respektierte Naseer. Er war der Berater seines Vaters gewesen und hatte seine Sache gut gemacht. Aber eine Sache, die er sich von seinem Wesir wünschte, war weniger subtil. Das machte ihn ungeduldig. „Was ist los, Naseer?" Er tippte mit den Fingern gegen die Türklinke, wollte gehen, um die Person zu sehen, die jeden seiner wachen und schlafenden Momente der letzten zwölf Monate ausgefüllt hatte.

„Sie ist nicht im Flugzeug."

Zavian knirschte mit den Zähnen. Mit dem Vertrag war er genau gewesen. Nichts war dem Zufall überlassen worden, schon gar nicht die Reisevorbereitungen. „Holen Sie mir diesen Professor ans Telefon und fragen Sie ihn, warum."

Wieder das täuschend unterwürfige Neigen des Kopfes - sein Wesir war alles andere als unterwürfig. „Das ist nicht nötig."

„Warum dann?"

„Weil ich ihre Bewegungen verfolgt habe. Sie ist über Land gereist. Sie kommt heute noch an, aber über einen anderen Einreisepunkt."

Zavian holte zitternd Luft. Er hatte alles getan, um sie zu sich zu holen, und jetzt war sie ganz in der Nähe, und doch schaffte sie es, seine Pläne ohne sein Wissen zu ändern. Nichts hatte sich geändert. Gabrielle zu fangen war wie der Versuch, Wasser in der Handfläche festzuhalten, wie der Versuch, Sternenlicht in einer Oase einzufangen. Man glaubt, es für ein paar befriedigende Momente eingefangen zu haben, nur um dann festzustellen, dass es einen verlassen hat, auf einem Kurs, den man sich selbst ausgedacht hat, und einen umso besessener zurücklässt, es wieder einzufangen.

„Sie hat ihr Erste-Klasse-Ticket zu Geld gemacht und reist durch die Nachbarländer, um die Wüstengrenze zu überqueren. Zweifellos schwelgt sie in Erinnerungen an ihre Kindheit mit ihrem lächerlichen Großvater".

Zavian beschloss, die Beleidigung seines Wesirs gegen Gabrielles Großvater zu ignorieren - das Ergebnis einer alten Fehde, die weit vor Zavians Zeit zurückreichte. Zavian hatte Gabrielles Großvater immer gemocht. Mehr als gemocht - er war für Zavian da gewesen, als seine eigene Familie es nicht war. „Bring mich dorthin."

„Wozu? Sie wird später am Tag im Palast eintreffen, wie vereinbart."

„Es geht darum, Naseer, dass ich sie ankommen sehen will. Ich will mit eigenen Augen sehen, wie sie mein Land betritt. Ich muss wissen, dass sie da ist."

Sein Wesir schüttelte den Kopf. „Ich hoffe, Sie wissen was Sie tun."

„Natürlich weiß ich das. Wie du selbst gesagt hast, entstehen Obsessionen aus einem Mangel heraus. Ich werde dafür sorgen, dass ich keinen Mangel habe, und dann wird die Besessenheit nachlassen."

„Vielleicht wird sie nicht ganz verschwinden."

„Das muss sie auch nicht. Alles, was weniger als eine Obsession ist, kann ich bewältigen, alles, was weniger als eine Obsession ist, kann ich tief begraben."

Naseer nickte, sein Mund verzog sich, als er sich hütete, die Zweifel auszusprechen, die Zavian in seinen Augen lesen konnte. „Ein Wagen wartet."

Während Zavian durch den alten Palast ging, entlang der geheimen Gänge, die sein Urgroßvater aus Sicherheitsgründen hatte anlegen lassen, kreisten seine Gedanken immer noch um Gabrielle. Er wusste, was sie tat. Er hatte dafür gesorgt, dass sie kommen musste, und sie hatte versucht, inkognito zu kommen, sich seinen Befehlen zu widersetzen. Sie konnte nicht vergessen haben, wie das Leben hier war. Wie er alles kontrollierte, wie sein Vater vor ihm und dessen Vater vor ihm. Sie hatte immer geglaubt, sie sei besser als er, sie könne ihn überlisten. Sie war immer noch unschuldig. Eine Unschuldige, von der er besessen war. Aber nicht mehr lange.

Es war eine halbstündige kurvenreiche Fahrt zum Grenzübergang, hinauf durch den schmalen Gebirgszug, der die Hochebene von der Ebene trennte, auf der die Stadt lag. Eine Gruppe von Palmen markierte die Stelle, an der sich einst ein kleines Dorf um einen Brunnen gebildet hatte. Das Dorf war längst verschwunden, von seinem skrupellosen Urgroßvater abgerissen und durch zweckmäßige Gebäude für die Grenzsoldaten ersetzt worden.

„Halt hier an." Sie parkten in einiger Entfernung von den anderen Autos - eines war ein Taxi, die anderen gehörten zweifellos den Grenzbeamten - und beobachteten aus dem Schatten des Palmenhains. Er warf einen Blick auf den Fahrer, der seinen Hörer näher an sein Ohr drückte.

„Fünf Minuten", sagte der Fahrer, der wusste, was sein König verlangte - jederzeit genaue Informationen.

Zavian stieg aus dem Wagen und stellte sich unter den Baum neben der Oase, die sich nach den letzten Regenfällen gefüllt hatte. Er blickte hinaus in die stille, sonnengebleichte Wüste, in der sich nichts rührte. Direkt vor ihm lag sein eigener Grenzposten. In der Ferne schimmerte die Grenzkontrollhütte des Nachbarlandes Tawazun, mit dem die drei Länder, die das alte Land Havilah gebildet hatten, durch Heirat vereint werden sollten. Aber Zavian dachte nicht an die Prinzessin von Tawazun, mit der er in diesem Moment verheiratet werden sollte.

Zwischen der Grenze von Tawazun und seiner eigenen lag ein leeres Niemandsland, das nur von den spärlichsten Spuren durchzogen war. Hier lebten seit Jahrhunderten Beduinen, die mit den Jahreszeiten kamen und gingen. Typisch für die arrogante Gabrielle, dass sie sich einbildete, unbemerkt den Weg nehmen zu können. Nein, dachte Zavian. Nicht arrogant. Gabrielle war vieles, aber sie war nicht arrogant. Wahrscheinlich war ihre Entscheidung eher das Ergebnis naiver Sentimentalität.

Aus dem Radio knisterte das schrille Gitarrenriff eines amerikanischen Popsongs, dessen elektronisches Geheul in dieser Umgebung deplatziert wirkte. Seine Augen tränten, als er in das weiße Licht des fernen Kontrollpunktes starrte. Seine Augen verengten sich, als er fand, was er suchte - einen Wirbel aus Sand, der den hellblauen Himmel füllte und einen Schauer durch seinen Körper jagte. Er sog die heiße, trockene Luft ein, um seine Reaktion auf die bloße Andeutung ihrer Anwesenheit zu beruhigen.

Sie tauchte aus dem Schatten des einsamen Gebäudes auf und ging die fünfhundert Meter durch das Niemandsland, wobei sich langsam die Einzelheiten ihrer Gestalt unter der sich bewegenden Sandwolke abzeichneten. Sie trug eine bodenlange graue Abaya mit einem langen Schal um den Kopf, den der Wüstenwind aufwirbelte, bis er eins wurde mit der Sandwolke, die jeden ihrer Schritte begleitete. Schließlich blieb sie stehen, um mit dem Grenzbeamten zu sprechen, die Hand an die Brust gepresst, um das Kopftuch festzuhalten, während sie ihre Pässe vorzeigte.

Sie hätte jede sein können. Eine große Sonnenbrille bedeckte ihre Augen, und ihre Kleidung war billig, wie sie eine gewöhnliche Beduinenfrau auf dem Markt getragen hätte. Sie wollte unbemerkt bleiben. Sie war gescheitert. Es gab nichts an ihren Bewegungen oder an ihrer Gestalt, das es ihr erlaubt hätte, unbemerkt zu bleiben, zumindest nicht für seine Augen. Sie hatte eine Anmut, einen schwingenden weiblichen Gang, der ganz ihr eigen war, vollkommen verführerisch, auch wenn sie sich dessen völlig unbewusst war. Es war natürlich, das wusste er. Ungekünstelt. Und er empfand es deshalb umso stärker.

Das Land, das sie gerade durchquerte, war steinig und karg - ein passender Eingang -, gehörte zu keiner Nation, heimatlos, wie sie es immer gewesen war. Er wandte ihr den Rücken zu und ging zum Wagen zurück. Er nickte seinem Fahrer zu, und der Wagen setzte sich schnurrend in Bewegung und ließ die einsame Frau zurück, als sie wieder sein Land betrat. Er blickte in den Seitenspiegel und sah eine lange blonde Haarsträhne aus ihrer Abaya fliegen, die vom Wind gezerrt wurde, als sie sich beim Geräusch des wegfahrenden Wagens umdrehte. Er erinnerte sich, wie sich ihr Haar anfühlte, wie Seide. Er rieb seine Finger aneinander, als würde er das Gefühl zwischen seinen Fingerspitzen wieder erleben. Er schluckte und wandte den Blick ab.

Gabrielle begann ihren impulsiven Wunsch zu bereuen, Gharb Havilah von der Wüste aus zu betreten. Irgendwie hatte sie die Hitze vergessen. Selbst der kurze

Weg zwischen den Ländern, durch das Niemandsland, war eine Herausforderung gewesen, die Hitze hatte ihre Kehle versengt, der Wind ihre Augen ausgetrocknet. Sie hatte vergessen, wie unwirtlich die Wüste war, wie fremd, wie unerbittlich die Menschen, die dort lebten. Vor allem aber hatte sie vergessen, wie sehr sie sie liebte - nicht auf eine intellektuelle Art und Weise, sondern auf eine tiefe, instinktive Weise, die an ihren Eingeweiden zerrte. Ihre Schönheit war nicht bilderbuchmäßig perfekt, sondern so rau und kompromisslos wie ihr Herrscher.

Sie griff nach ihrem Schal und wickelte ihn um ihr Gesicht, als sie die letzten Meter über das steinige, karge Land zum Kontrollpunkt von Gharb Havilah ging. Die beiden Wachen standen draußen und beobachteten sie, was allein schon zeigte, wie selten der Grenzübergang benutzt wurde. Sie war sich nicht einmal sicher, warum sie den Landweg über die Berge gewählt hatte, wo es kein Internet gab. Vielleicht der Wunsch, unerkannt zu bleiben? Möglich. Aber auch ein instinktives Bedürfnis, die Dinge langsam anzugehen, sich wieder ein wenig mit dem Land vertraut zu machen, es in sich aufnehmen zu lassen. Das war viel besser, als auf dem modernen Flughafen von Gharb Havilah abgesetzt zu werden, wo sie Schwierigkeiten gehabt hätte, sich von ihrer englischen Welt auf das Land umzustellen, in dem sie aufgewachsen war.

Eine Woche Reise durch die Wüste, die sie so gut kannte, hatte sie gebraucht, um hierher zu kommen - eine Woche, um sich an das langsame Tempo und den zeitlosen Glamour zu gewöhnen, den sie so sehr liebte. Ihre Sprachkenntnisse und ihre alten Freundschaften in Tawazun, einem Land, das sie fast so gut kannte wie Havilah, gaben ihr Sicherheit.

Ja, sie wollte Zeit haben, um wieder in diese Welt einzutauchen. Aber sie musste zugeben, dass sie auch ein Signal senden wollte - an Zavian. Er mochte rufen, und sie würde vielleicht kommen müssen, aber sie würde es auf ihre Weise tun, zu ihren Bedingungen. Sie war nicht und würde nie von ihm kontrolliert werden.

Aber als sie den Wachen ihre Papiere überreichte, fiel ihr Blick über sie hinweg auf ein teuer aussehendes Auto, kein Taxi, das in einer verschwommenen Fata Morgana verschwand. Sie schien nicht die Einzige zu sein, die an diesem abgelegenen Ort Einlass begehrte.

Sie tauschte Höflichkeiten mit den Wachen aus, während diese die Formalitäten erledigten. Ihre Reaktionen wurden freundlicher, als sie in ihrer Muttersprache antwortete. Doch als sie auf ihr Taxi zuging, fielen ihre Augen wieder auf das Glitzern des wegfahrenden Wagens. Plötzlich erinnerte sie sich daran, dass der Grenzbeamte gesagt hatte, sie sei die erste Person, die an diesem Tag die Grenze überquert habe, was bedeutete, dass jemand gekommen und wieder gegangen war. Warum?

Sie begrüßte den Taxifahrer, er nahm ihren abgenutzten Rucksack und legte ihn in den Kofferraum, und sie fuhren los, der schwachen Spur des vorherigen Autos folgend, in Richtung der Hauptstadt Gharb Havilah. Während der Fahrer über den Klatsch und Tratsch des Landes sprach - über die königliche Familie, den Zustand der Wirtschaft und andere Dinge, in denen Taxifahrer auf der ganzen Welt Experten waren -, kreisten Gabrielles Gedanken nur um das Auto, das sie über die Grenze hatte fahren sehen, und das Nummernschild, das sie kurz gesehen hatte. Das musste er sein. Wie um alles in der

Welt hatte er von ihrer Reiseplanänderung erfahren? Sie hatte ihn unterschätzt, ganz sicher seinen Drang, alles zu kontrollieren.

Als sie den Pass überquerten, offenbarte sich die Stadt, die sich über die schmale Ebene zwischen den Bergen und dem strahlend blauen Meer erstreckte. Ihr Herz blieb stehen, gebannt von ihrer Schönheit. Terrakottafarben lag die alte Stadt unverändert da, dank der jahrhundertelangen Herrschaft des Al-Rasheed-Clans. Keine gläsernen Wolkenkratzer für sie. Das ließ die Welt glauben, sie seien nicht reich. Die Welt irrte sich. Die Al Rasheeds hielten ihren unglaublichen Reichtum und ihr Wissen eng beieinander. Sie hielten ihre Leute zufrieden und beschäftigt und kontrollierten alles streng. Aber es schien, wenn man dem Geplapper des Taxifahrers Glauben schenken durfte, dass sich die Dinge ändern würden - dass der neue Scheich andere Ideen hatte. Daran zweifelte sie nicht.

Nach den weiten Ebenen der Hochebene waren die alten, engen Straßen des alten Viertels - verstopft mit Autos und Menschen, die sich drängten und schrien, als sie sich dem Basar näherten - laut und überwältigend. Das Taxi bog vom Basar ab und fuhr auf den Palast zu. Gabrielle beugte sich vor. „Das Museum. Wir müssen zum Museum."

„Da fahren wir hin, Madam."

„Aber es ist da hinten." Sie deutete auf das alte Gebäude, das bald außer Sicht war, verloren in einem Gewirr von Dächern.

„Die Verwaltung des Museums ist vor kurzem umgezogen. Sie wollten doch den Verantwortlichen sprechen, oder?"

„Ja."

„Dann finden Sie ihn im Palast."

Gabrielle fühlte sich unbehaglich, als das Taxi die breite Allee hinauffuhr - ein Produkt der Faszination des alten Königs für alles Französische -, an deren Ende ein mittelalterliches Schloss auf einem langen, niedrigen Hügel über der Stadt und dem Meer thronte.

„Bitte halten Sie hier. Den Rest gehe ich zu Fuß."

Der Taxifahrer zuckte mit den Schultern und parkte abrupt, wobei er ein Auto blockierte, das aus einer engen Gasse herausfahren wollte. Das andere Fahrzeug hupte ununterbrochen. Der Taxifahrer fluchte, als er ihre Tasche aus dem Kofferraum holte. Sie bezahlte ihn, er wünschte ihr alles Gute und fuhr davon, so dass sie auf den Platz laufen konnte, der von Touristen und Straßenhändlern überfüllt war. Sie trat vor und wollte zu ihnen gehören, brauchte die Anonymität, die sie ihr gewährten.

Über dem Lärm der Straßenhändler, der Touristen und der Menschen, die versuchten, ihrem Alltag nachzugehen, thronte der Palast - eine dominante, unnahbare Präsenz. So war der neue König geworden, wenn man dem Klatsch glauben durfte. Es war seltsam, dass der Mann, den sie kannte, sich so sehr verändert hatte. Sie hoffte, dass er unnahbar und distanziert bleiben würde, denn sie wollte nichts mit ihm zu tun haben.

Sie hatte keine Ahnung, ob er hinter ihrem Besuch steckte oder überhaupt davon wusste. Aber das seltsame Auto an der Grenzkontrolle nagte an ihrem Verstand. Wer war das? War es Zavian? Aber wie konnte das sein? Er hatte Wichtigeres zu tun, als ihre Bewegungen zu verfolgen. Nein, es gab absolut keinen Grund, warum sich ihre Wege und die von König Zavian bin Ameen Al Rasheed kreuzen sollten. Der Palast war riesig, und während sie sich um die Öffentlichkeitsarbeit für die ausgestellten Artefakte kümmern würde, würde er das Land regieren. Sie hatte nicht die Absicht, die Vergangenheit wieder aufleben zu lassen. Es hatte gute Gründe gegeben, warum sie gegangen war - Gründe, die immer noch galten und immer gelten würden. Zavian war für sie unerreichbar, und dabei wollte sie es belassen.

Sie zog ihren Rucksack höher über die Schulter und näherte sich dem Palastwächter, ihre Papiere in der Hand, bereit für das übliche Verhör. Doch nach wenigen Worten öffnete sich das Tor, ohne dass sie ihre Papiere vorzeigen musste. Vielleicht war der Palast zugänglicher als früher. Vielleicht waren die Sicherheitsvorkehrungen laxer, ganz im Sinne des neuen Königs. Vielleicht auch nicht, dachte sie, als sie sah, wie die Papiere der anderen genauestens überprüft wurden, bevor sie in die heiligen Gärten des Abyad-Palastes eingelassen wurden. Sie hatte kaum einen Fuß in den schattigen Kühlraum der Palastvorhalle gesetzt, als ein Beamter auf sie zukam.

„Dr. Taylor. Willkommen im Palast. Bitte folgen Sie mir, ich bringe Sie zu Ihrem Zimmer."

Ihre Tasche wurde ihr abgenommen, und beunruhigenderweise folgten ihr zwei weitere Assistenten, als sie die Haupttreppe hinaufgingen und nach links abbogen. Sie zögerte. „Entschuldigung", rief sie dem Assistenten zu.

„Ja?"

„Das Museum und die Verwaltungsräume, die müssen doch im Ostflügel sein, bei den anderen öffentlichen Büros und den Besucherappartements?" Er musste sich geirrt haben. Er musste neu hier sein.

„Ja, in der Tat", lächelte der junge Mann. „Im Ostflügel."

„Warum", fuhr sie fort, „gehen wir nach Westen?"

Der junge Mann lächelte geduldig. „Weil ich Sie zu Ihren Zimmern bringe. Und die liegen in dieser Richtung."

Gabrielles Herz sank mit einem unguten Gefühl. Was ging hier vor? Sie wusste genau, welche Implikationen ein Aufenthalt im Westflügel des Palastes mit sich brachte. Dort wohnte die königliche Familie und nur die ranghöchsten Berater und Verwandten. Sie umklammerte das Treppengeländer, dessen goldene Schnörkel sich in ihr Fleisch gruben. „Nein, tut mir leid, das ist nicht möglich."

„Doch, ich versichere Ihnen, es ist möglich, Madam. Ihre Suite erwartet Sie."

„Nein. Es tut mir leid, ich kann hier nicht bleiben. Ich nehme mir ein Hotelzimmer." Sie suchte nach ihrem Handy.

„Und warum sollten Sie das tun?" Sein Lächeln wirkte wie eingefroren. „Sie werden im Palast arbeiten und im Palast wohnen."

„Nein, wirklich. Das ist unmöglich."

„Und ich sage, es ist möglich." Das Lächeln war auf seinen Lippen eingefroren. „Es tut mir leid, Madam, aber ich habe meine Anweisungen."

Sie warf einen Blick auf die beiden Männer hinter ihr. Sie lächelten nicht. Sie blickte zurück auf den Lächelnden als das kleinere von zwei Übeln. „Habe ich eine Wahl?" Plötzlich wurde ihr klar, dass sie in eine Falle getappt war.

Das Lächeln wankte nicht. „Nein, Madam."

Während sie durch die großen Korridore geführt wurde, vorbei an Ausblicken auf wunderschöne Gärten, hatte sie das Gefühl, in einer sich windenden Spirale zu gehen, die sie immer näher an das Herz der Falle brachte.

Sie wurde in ihre Suite geführt, setzte sich auf die große weiße Seidendecke und vergrub ihr Gesicht in den Händen. Was hatte sie getan?

Gabrielle hatte überlegt, die Einladung - eher ein Befehl - zu einem Empfang am Abend abzulehnen. Aber sie hatte beschlossen, dass es keinen Sinn hatte, den Moment hinauszuzögern, in dem sie dem Mann gegenüberstehen würde, den sie vor zwölf Monaten verlassen hatte. Denn jetzt hatte sie keinen Zweifel mehr daran, dass er hinter ihrem Vertrag steckte, dass er dafür gesorgt hatte, dass sie nicht entkommen konnte, sobald sie einen Fuß in den Palast gesetzt hatte.

Vor einem Jahr war er der vernachlässigte jüngere Sohn des Königs gewesen. Jetzt *war* er König. Etwas, das er nie geworden wäre, wenn sie geblieben wäre - etwas, das das Land brauchte, denn ohne ihn hätte es einen Bürgerkrieg gegeben. Und damit konnte sie nicht leben. Sie hatte das Richtige getan, sagte sie sich zum millionsten Mal, als sie durch die Marmorhalle zum Empfangssaal ging. Aber das Klopfen ihres Herzens, das Flattern ihres Magens und das Zittern ihrer Hände widersprachen ihr.

Auf der Schwelle hielt sie kurz inne, getroffen von einer Wand aus Geräuschen, die durch das Innere des Marmors noch verstärkt wurden, und von der Brillanz des Lichts. Das Funkeln der Kristalllüster spiegelte sich im kostbaren Glanz der Abendkleider der Damen und funkelte in ihrem Diamantschmuck. Die überwältigende Kombination war nicht gut für ihre Nerven.

Sie nahm ein Glas prickelnden Saft von einem vorbeigehenden Kellner und stellte sich zur Seite. Sie hoffte, dort unbemerkt zu bleiben, bis sie nach Erledigung ihrer

Pflicht sicher verschwinden konnte. Doch sie hatte kein Glück und war bald in ein Gespräch mit dem Museumsdirektor vertieft. Plötzlich verstummten alle und sie wusste, dass der König und sein Gefolge den Raum betreten hatten. Ihr Herz schlug wie wild.

Er hatte sich kein bisschen verändert. Er war größer als die meisten anderen, und sie konnte ihn deutlich sehen, als er den Raum überblickte. Der Blick endete, als er sie sah. Er sagte etwas zu der Person, bei der er war, und sie begannen, auf sie zuzugehen. Sie wich zurück, stieß aber mit den Fersen gegen die Wand. Auf der einen Seite versperrte ihr der Museumsdirektor den Weg. Auf der anderen Seite bewegte sich eine Gruppe von Diplomaten, die sich darauf freuten, den König zu treffen.

Von Zeit zu Zeit wurde er unterbrochen, wenn er jemandem vorgestellt wurde. Dann blickte er auf und begegnete ihrem Blick kurz, bevor er den Blick wieder abwandte, sein Gesichtsausdruck zeigte kein Erkennen, als wäre er sich ihrer Identität nicht bewusst. Aber er war es, das wusste sie, denn mit jedem Schritt kam er ihr unaufhaltsam näher.

Und dann hatte er sie erreicht. Er stand direkt vor ihr, während sein Assistent sie vorstellte. Er hielt ihren Blick fest, und trotz ihrer besten Absichten konnte sie nicht wegsehen.

„Und das ist Dr. Gabrielle Taylor."

Sie schluckte und geriet in Panik. Wie sollte sie ihn begrüßen? Sie machte den förmlichen Knicks, den sie bei den anderen Frauen gesehen hatte, aber bevor sie ihn lange genug halten konnte, nahm er ihre Hand, und sie wäre vor Schreck fast gestolpert. Er verstärkte seinen Griff und gab ihr den Halt, den sie brauchte, um aufzustehen, aber er verwirrte ihre Sinne. Selbst als sie sich wieder aufrichtete, ließ er nicht von ihr ab.

Sie roch sein Aftershave und eine Männlichkeit, die ihre Beine schwach werden ließ. Aus der Nähe sah sie, dass ihr erster Eindruck falsch gewesen war. Er *hatte* sich verändert. Sein Mund, der so mächtig in seiner Fähigkeit gewesen war, Vergnügen zu bereiten, war fest, sogar grimmig, und sein Blick war nicht vielversprechender. Aber die größte Veränderung war in seinen Augen. Früher war die Arroganz immer da gewesen, aber sie war durch Humor und Freundlichkeit gemildert worden. Aber nichts davon sah sie in dem Mann vor sich. Nein, ihr überwältigender Eindruck von ihm war jetzt Macht - Macht zu geben und Macht zu nehmen. Sie fragte sich, welches dieser beiden Dinge er jetzt, hier, mit ihr tun würde.

„Dr. Taylor ist von der Universität Oxford, hier, um…"

„Ich weiß, wer sie ist und warum sie hier ist. Willkommen, Gabrielle."

Sie nickte und lächelte nervös, zog zaghaft an ihrer Hand. Sie gab nicht nach. „Danke. Es ist schön, wieder hier zu sein." Die Worte fielen, bevor sie sie aufhalten konnte, denn sie waren wahr. Gharb Havilah war ihr auf eine Weise zu Hause, wie England es nie sein würde. Und was Zavian betraf… Trotz allem, was sie sich einredete, reagierte ihr Körper ganz anders.

Seine Augen verengten sich leicht, als er den Kopf auf eine Weise zu ihr neigte, die sich intensiv intim anfühlte. „Ist es so?"

„Es ist…" Ihre Stimme versagte, als sie den Duft seines Aftershaves wahrnahm. Er hatte sich nicht verändert, umging ihre Abwehr und schickte einen Schauer des Wiedererkennens und des Verlangens tief in ihr Inneres.

Er wusste es. Er musste es wissen, denn er neigte den Kopf noch weiter zu ihr, bis sie sich nur noch auf die Zehenspitzen stellen musste, um die Liebkosung seiner Lippen auf ihren zu spüren.

Sie räusperte sich. „Es ist wirklich schön, wieder hier zu sein." Es hatte keinen Sinn, es zu leugnen.

„Dann hättest du früher zurückkommen sollen." Sein Daumen strich über ihren Handrücken und schickte elektrische Schläge durch ihren Körper, erweckte ihn zum Leben. Sie wollte nicht lebendig werden.

„Ich war... beschäftigt." Sie nahm all ihren Mut zusammen und weigerte sich, ihm die Kontrolle über sie zu überlassen. Er musste es wissen. „Und es hatte keinen Sinn. Nichts hat sich geändert."

Sein Griff um ihre Hand lockerte sich. „Interessant." Der kühle Ton, in dem dieses eine Wort ausgesprochen wurde, widerlegte seine Behauptung.

„Interessant?", wiederholte sie.

„Ja. Ich habe das Gefühl, dass die Geschichten, die du für unsere wertvollen Ausstellungsstücke liefern sollst, sehr... aufschlussreich sein werden. Es ist immer interessant, den Hintergrund eines Stückes zu kennen, wo es herkommt und wie es hierher kam. Besonders der Khasham-Koran."

Sie presste die zitternden Lippen zusammen und versuchte, ihre Gefühle und Gedanken zurückzuhalten, die chaotisch hervorzubrechen drohten, als ihr plötzlich klar wurde, warum sie hierher gebracht worden war. Er wollte wissen, wie der illuminierte Koran aus dem 6. Jahrhundert aus der alten Stadt Khasham in ihren Besitz gelangt war.

„Der Koran von Khasham", wiederholte sie heiser und wog seine Bedeutung auf der Zunge.

„Ja. Ein Thema, das dir am Herzen liegt, nehme ich an. Vielleicht das einzige."

Die Spitze traf ihr Ziel, doch sie konnte nicht antworten, denn er hatte immer gewusst, wann sie zu lügen versuchte, was Schweigen zur einzigen Option machte.

„Und wenn du erst einmal die Geschichte hinter seiner Rückkehr herausgefunden hast, dann, Dr. Taylor", fuhr er fort, „wirst du vielleicht deine Behauptung überdenken müssen, dass sich nichts geändert hat." Er ließ ihre Hand los. „Genieß den Abend."

Er nickte kühl und ging an ihr vorbei, bevor sie antworten konnte. Nicht, dass sie es konnte. Es fühlte sich an, als wäre alle Luft aus dem warmen, überfüllten Empfangsraum gesaugt worden, sodass es ihr schwerfiel zu atmen, geschweige denn zu denken. Aber sie konnte fühlen. Und sie wünschte, sie könnte es nicht.

Er hasste sie. Und sie hatte nicht begriffen, wie dieses Wissen sie zerstören konnte. Sie sah sich nach einem Ausweg um, bemerkte nicht, dass Leute mit ihr sprachen, und musste einfach weg.

Zavian verließ sofort den Raum. Er hatte den Empfang nur zu einem einzigen Zweck organisiert, und jetzt, da er sie gesehen und mit ihr gesprochen hatte, war sein Interesse daran erloschen. Er entließ seine Bedienstete und beobachtete sie hinter dem Einwegspiegel. Sie hatte sich kein bisschen verändert. Plötzlich wurde ihm bewusst, dass er gehofft hatte, sie hätte sich verändert. Aber das hatte sie nicht. Sie schimmerte in ihrer traditio-

nellen Abaya - zurückhaltend und elegant - und überstrahlte alle anderen, so wie der Mond die Sonne
verbannt und einen atemberaubenden Schein über die
Wüste wirft, der Magie schafft, wo vorher keine war.
Selbst jetzt, während sie sich drehte und wandte,
zwischen den Menschen hindurchging und den Ausgang
suchte, überstrahlte sie alle.

Er hatte ihr eine Falle gestellt, in die sie unweigerlich
hineintappen musste, immer weiter in die Mitte hinein,
bis er sie in Sicherheit hatte. Warum hatte er dann das
Gefühl, dass es genau umgekehrt war?

ichts hat sich geändert.

Ihre Worte wiederholten sich in seinem Kopf, während er auf die Papiere starrte, die seinen Schreibtisch bedeckten - vertrauliche Kontoauszüge, Frachtbriefe, Versicherungspolicen - alles, um die Wahrheit zu verschleiern.

Sie lag falsch. Wenn sein Verdacht stimmte, hatte sich alles verändert. Aber es gab nur einen Weg, um sicher zu sein, denn sie hatte die Wahrheit hinter einem Schleier aus Papierkram und Datenschutz verborgen, den nicht einmal er lüften konnte. Seine einzige Hoffnung, die Wahrheit zu erfahren, war, dass sie es ihm sagte.

Der Luftzug des Deckenventilators hob die Seiten an, durch die Zavian blätterte, als wären sie leicht und unbedeutend. Aber sie waren von größter Bedeutung, dachte Zavian. Sie konnten sein Leben verändern. Vorsichtig stellte er einen schweren gläsernen Briefbeschwerer auf den Stapel. Wenn er doch nur seine Gedanken so leicht im Zaum halten könnte. Er lehnte sich zurück und ließ den Kopf auf das Leder des Bürostuhls sinken.

Das Surren des Ventilators und das Plätschern des Springbrunnens vor seinem Büro hätten eigentlich beruhigend wirken sollen. Aber sie taten nichts, um die Anspannung zu lindern, die an seinen Schläfen nagte. Nichts, um das Dröhnen in seinem Kopf zu besänftigen, das beim Anblick der Unterschrift auf den Eigentumsdokumenten des Museums für das Prunkstück seiner Sammlung entstanden war. Nicht so sehr, weil es ihr Name war, sondern weil alle, die man mit diesem Namen gefunden hatte, nichts mit dem Kauf und der Schenkung des Stücks an sein Land zu tun hatten. Jemand wollte anonym bleiben. Und wer, wenn nicht Gabrielle, hatte das Wissen, das Geld und das Motiv?

Er atmete tief durch, schob den Stuhl vom Tisch und ging zu den bodentiefen Fenstern, die den Blick auf die Altstadt freigaben. In diesem Moment ging die Sonne hinter den weichen Konturen der Minarette und Moscheen einer Stadt auf, die in ihren mittelalterlichen Ursprüngen verwurzelt war. Sein Großvater hatte dieses Büro bevorzugt, und als Zavian seinem Vater auf den Thron folgte, hatte er es sofort zu seinem eigenen gemacht.

Und irgendwie passte die Umgebung zu dem, was er zu entdecken glaubte. Das Museum, dessen Umrisse er an einer Seite des Bürgerplatzes hinter Palmen versteckt erkennen konnte, hatte das Kronjuwel seiner Antiquitätensammlung erworben, als der Koran von Khasham anonym gespendet worden war.

Er seufzte und schloss die Augen. *Gabrielle.* Der Name entwich seinen Lippen wie ein Hauch im warmen Wüstenwind, wie die Erinnerung an einen Kuss. Nur Gabrielle würde glauben, dass sie ihn täuschen konnte. Nirgendwo sonst in dieser Stadt würde es jemand wagen oder sich vorstellen können - wie hieß doch gleich dieser seltsame englische Ausdruck? - ihrem Scheich und König Sand in die Augen zu streuen. Aber Gabrielle hatte es getan. Er hatte sie unterschätzt. Es schien, als wäre *es* gegenseitig gewesen.

Es klopfte leise an der Tür, dann trat sein Wesir ein. Naseer war der Einzige, dem es erlaubt war, seine Gemächer zu betreten, ohne auf eine Antwort zu warten.

Der ältere Wesir verbeugte sich leicht und kam auf ihn zu. „Eure Majestät."

Zavian drehte der aufgehenden Sonne, die einen langen Schatten über den Raum warf, den Rücken zu. „Naseer, hast du dich im Museum erkundigt?"

„Das habe ich. Auch wenn der Museumsdirektor verwirrt war, warum Sie das vor Sonnenaufgang wissen wollten."

Zavian funkelte Naseer an. Er konnte ihm kaum sagen, dass seine Besessenheit von Gabrielle mit der Zeit immer stärker geworden war. Während es ihm tagsüber gelang, sie in die schattigen Winkel seines Bewusstseins zu verbannen, tauchte sie nachts immer wieder vollständig in seiner Fantasie auf. „Und was hat er gesagt?"

„Der Händler hat das Stück für angeblich eine Million Dollar gekauft und dem Museum geschenkt. Er wollte Ihnen versichern, dass alles mit rechten Dingen zugegangen ist, dass alles legal abgewickelt wurde."

Zavian blickte zum Museum hinüber, dessen honigfarbener Stein sich jetzt unter dem langsam wandernden Finger des Sonnenlichts erwärmte. „Und die Papierspur, die deine Quelle geliefert hat" - er nickte zu dem Stapel Papiere auf seinem Schreibtisch - „ist echt?"

Naseer verbeugte sich leicht, nur der Form halber. „Man hat mir versichert, dass sie echt ist."

Zavian ließ den letzten Zweifel verbrennen, so wie die Sonne die Nebelschwaden verbrannte, die an der Küste hingen, und enthüllte die volle Gestalt seiner goldenen Stadt. Ihre kuppelgekrönten Minarette ragten in den blass-gelb-grauen Himmel, und die Wärme ihrer Schattierungen vertiefte sich Minute um Minute im frühen Morgenlicht.

Naseer schnaubte missbilligend. „Obwohl ich die Papiere nicht selbst gesehen habe, wie Sie angeordnet haben."

„In der Tat."

„Wollen Sie mir sagen, worum es hier geht?", fragte sein Wesir. „Nicht nur der Museumsdirektor ist neugierig."

Zavian schüttelte den Kopf. „Es spielt keine Rolle." Jedenfalls nicht für seinen Wesir. Aber für Zavian? Es hatte die Macht, seine Welt zu verändern.

„Ich wusste nicht, dass Sie sich so sehr für den Erwerb des Museums interessieren."

Warum hatte Zavian den alten Mann überhaupt behalten? Er war ihm ein Dorn im Auge. Aber da er ihn praktisch großgezogen hatte, konnte er sich ein Leben ohne ihn nicht vorstellen, egal wie irritierend oder abweisend er Zavians Worten gegenüber auch war. Wo andere bei Zavians bloßem Blick zittern würden, widersprach Naseer ihm. Das Problem war nur, dass es meist eine treffende Antwort war - eine Antwort oder Frage, die sonst niemand zu stellen wagte und von der Zavian tief in seinem Inneren wusste, dass er sie hören musste.

„Überrascht, dass ich Kultur mag, Naseer?"

Der Alte zog eine Augenbraue hoch. „Das Nächste, was Sie mit Kultur zu tun hatten, war die Jagd in der Wüste mit den Speeren Ihres Großvaters oder das Zaumzeug Ihrer arabischen Hengste beim Rennen."

„Ah, eine Mischung aus Tradition und Sport. Ja, du hast wahrscheinlich Recht. Aber es ist nie zu spät anzufangen, nicht wahr? Es ist nie zu spät, der Welt zu zeigen, dass mein Land mehr ist als nur ein Ölproduzent und ein strategisch günstig gelegener alter Hafen. Vielleicht ist es an der Zeit, mehr Touristen hierher zu locken. Touristen, die wiederum Investitionen ausländischer Unternehmen mit sich bringen. Unter unserer Kontrolle natürlich."

„Natürlich." Es folgte ein Moment des Schweigens, während sie sich beide daran erinnerten, wann das *nicht* der Fall gewesen war. Es hatte viel Arbeit gekostet, die Fehler auszubügeln, die sein Urgroßvater unwissentlich gemacht hatte.

„Außerdem ist es die PR und das Marketing, von dem du mir immer gesagt hast, dass ich mich mehr dafür interessieren sollte, nicht wahr?"

Naseer nickte nachdenklich. „Es kommt auf jeden Fall zum richtigen Zeitpunkt. Mit der bevorstehenden Zweitausendjahrfeier und Ihren, äh, persönlichen Plänen kann ein neuer Fokus auf Öffentlichkeitsarbeit für Sie und Gharb Havilah nur gut sein." Er sprach den Namen seines Landes leise aus, mit einer Ehrfurcht, die seine Liebe zu ihm verriet. Egal, wie er seinen König und seine Untertanen behandelte, Zavian wusste, dass sein Wesir alles für sein Land tun würde. Naseer nickte in Richtung der Stadt. „Zweitausend Jahre, Zavian. *Zweitausend Jahre.*"

Zavian sah den alten Mann an, dessen Gesichtsausdruck die Rührung verriet, die ihn dazu gebracht hatte, Zavian beim Vornamen zu nennen, was er selten tat. „Ein Meilenstein, der es wert ist, gefeiert zu werden."

„Sowohl ein persönlicher als auch ein staatlicher. Die Heiratsverhandlungen zwischen Ihnen und der ältesten Tochter des Königs von Tawazun stehen kurz bevor."

Zavian brummte, und Naseer runzelte die Stirn.

„Sie haben eingewilligt."

„Das habe ich. Jetzt, da König Amir geheiratet hat, fällt mir die Aufgabe zu."

„Ich bin sicher, es wird keine unangenehme Aufgabe. Die Prinzessin soll sehr schön sein."

Gabrielles Bild weigerte sich, durch das der Prinzessin von Tawazun ersetzt zu werden. Er hatte Gründe, seine Entscheidung hinauszuzögern, aber er hatte nur eine Person, die ihn davon abhielt: Gabrielle.

Er wartete auf den Tag, an dem sein Herz nicht mehr nach ihr schmerzen würde, an dem er ihren Verrat nicht mehr so scharf wie einen Dolchstoß in den Rücken spüren würde. Und dieser Tag rückte näher. Als er das Geheimnis gelüftet hatte, wer das sagenhafte Prunkstück der Sammlung gestiftet und wie viel er dafür bezahlt hatte, wusste er, dass Gabrielle dahinter steckte. Nicht nur, weil sie eine der wenigen war, die die Herkunft bestätigen konnten, sondern auch wegen des Preises.

Eine Million Dollar hatte Gabrielle von seinem Vater bekommen, damit sie sich von ihm und seinem Land fernhielt. Sie hatte es angenommen und Gharb Havilah verlassen. Und jemand hatte genau die gleiche Summe für ein Stück der Kultur von Gharb Havilah bezahlt. Wenn sie es *war*, bewies das, dass sie das Geld von Anfang an nicht gewollt hatte. Warum hatte sie es dann angenommen? Er hatte seine Vermutungen, aber er freute sich darauf, die Antwort von ihr selbst zu hören.

„Ich habe ein Treffen mit dem König von Tawazun arrangiert."

Zavian nickte. „Wann?"

„In zwei Wochen."

„Gut. Das gibt mir Zeit."

„Zeit?" Sein Wesir verengte die Augen. Zavian kannte diesen Blick von früher. Manchmal glaubte er, Naseer kenne ihn besser als er sich selbst. „Zeit wofür? Für dieses Mädchen?"

Zavian knirschte mit den Zähnen. Er hatte die Antipathie seines Wesirs gegenüber Gabrielle schon immer gehasst. „Sie meinen Dr. Taylor?"

„Natürlich meine ich sie. Ich war dagegen, sie herzubringen, und ich hatte recht. Sie macht Sie verrückt. Ich kann nicht glauben, dass Sie sie hier haben wollen, nach allem, was sie getan hat."

„Es ging nur um Geld."

„Nur eine Million Dollar, bezahlt, damit sie Sie verlässt. Sie brauchte keine Überredung."

Zavian sah seinen Wesir unvermittelt an. „Und woher weißt du das?"

Der Blick des Wesirs glitt ab. „Ich habe es gehört."

Nicht zum ersten Mal fragte sich Zavian, welche Rolle sein Wesir bei Gabrielles Verschwinden gespielt hatte.

„Wie dem auch sei, es spielt keine Rolle mehr. Sie wissen jetzt, dass sie die Art von Frau ist, die man bestechen kann, sie ist nicht loyal, sie ist nicht für Sie und nicht für unser Land."

Zavian glaubte nicht mehr daran, aber er beschloss, die Dinge für sich zu behalten. Die drei Länder, die das alte Land Havilah bildeten, mussten durch Blutsbande mit Tawazun vereint werden, und sein eigenes Land brauchte eine Königin, an die sein Volk glauben konnte. Nach Jahrhunderten erbitterter Kämpfe um die Kontrolle des strategisch wichtigen Hafens war sein Land nun in eine Zeit des Friedens eingetreten, und er würde alles tun, damit dies so blieb. Und das bedeutete, eine gemeinsame Identität aufzubauen und ein Volk zu schaffen, das dem Königshaus treu ergeben war.

„Ich weiß, was für eine Königin mein Land braucht. Es braucht jemanden, der voll und ganz an es glaubt und ihm gegenüber absolut loyal ist."

Der Wesir nickte, ohne einen Makel in Zavians Aussage zu bemerken. „Genau. Es braucht eine Prinzessin von Tawazun."

Zavian antwortete nicht.

Gabrielle ließ ihre Finger sanft über die Objekte ihrer Leidenschaft gleiten, die ihr in ihrer Kindheit vertrauter gewesen waren als Puppen, bevor sie das Tablett zurück in den Schrank schob. Nachdem sie den Vormittag mit dem Museumsdirektor und seinem Team verbracht hatte, war es ihr gelungen, einen ganzen Nachmittag allein mit einigen der wertvollsten Artefakte des Landes zu verbringen. Sie hatte ihm gesagt, sie brauche Zeit, um jedes Stück und seine Daten persönlich in Augenschein zu nehmen. Das stimmte nicht ganz, und sie vermutete, dass der Direktor das wusste. Aber entweder schien es ihn nicht zu stören, oder man hatte ihm gesagt, er solle ihr freie Hand lassen. Sie vermutete Letzteres.

Sie sah sich im Raum um, betrachtete die antiken Keramikscherben, die Fragmente verzierter Fliesen und die seltenen intakten Stücke in den Vitrinen. Die Stücke, die den Alltag der Beduinen vor tausend Jahren beleuchteten, waren ihr ganzes Leben. Als sie drei Jahre alt war, hatte ihr Großvater ihr einen weichen Pinsel in die Hand gedrückt, um den Sand von vergrabenen Gegenständen zu entfernen. Als beeindrucktes Mädchen lag sie nachts in ihrem Zelt, bewegt von den Liedern, der Poesie und der Musik der Beduinen, die seit Jahrhunderten ihr Stammesleben in der Wüste aufrechterhalten. Später hatte sie eine Karriere entwickelt, die sich über die Wüste hinaus bis in die heiligen Hallen von Oxford erstreckte. Sie hatte Gharb Havilah vor einem Jahr verlassen, aber sie konnte nicht leugnen, dass Gharb Havilah, seine Menschen und seine Kultur ihr Leben waren.

Und während sie unermüdlich daran arbeitete, diesen Artefakten internationale Anerkennung für ihre kulturelle Bedeutung und künstlerische Qualität zu verschaffen, hatte das Leben in der Wüste sie noch etwas anderes gelehrt. Es hatte sich in jede Pore ihrer Haut eingegraben, in jeden Pulsschlag ihres Blutes, der ihren Körper durchströmte - ihr Bedürfnis nach Freiheit. Der Aufenthalt im Palast brachte sie um.

Widerstrebend schloss sie das letzte Stück und warf

einen letzten prüfenden Blick in den fensterlosen Raum. Wenn es nach ihr ginge, würde sie dort bleiben und umgeben von ihren Lieblingsgegenständen die Nacht durcharbeiten. Aber es gab nur einen Menschen in Gharb Havilah, der tun und lassen konnte, was er wollte, und das war der König. Und der hatte sie wieder zu sich gerufen. Aber diesmal war es kein öffentlicher Empfang. Es war ein Abendessen. Sie hoffte nur, dass viele andere Menschen zwischen ihr und Zavian sitzen würden.

Zavian saß allein in dem großen Speisesaal, in dessen poliertem Mahagonitisch sich die goldenen schmiedeeisernen Lampen an der Decke spiegelten. Die flackernden Flammen der Kerzen, die vom Luftzug durch die offenen Türen erfasst wurden, warfen bewegte Schatten an die Decke. Die Tür öffnete sich, und instinktiv erhob er sich, um sie zu begrüßen. Er hatte dieses Treffen arrangiert, aber nichts konnte ihn auf dieses Wiedersehen vorbereiten. Gierig nahm er jedes Detail von ihr mit den Augen auf, er musste sie wieder kennen lernen.

Sie zögerte am Eingang und sah sich um, als sich die Tür hinter ihr schloss. Ihr Blick fiel auf seine Bedienstete, die in allen vier Ecken des Raumes standen, bereit, auf seinen Befehl hin aufzuspringen und jeden seiner Wünsche zu erfüllen. Er war daran gewöhnt, aber er bemerkte die Vorsicht in ihren blauen Augen, die im Schein der Kerzen farblos wirkten.

Er ballte die Hände, zwang sich, nicht auf sie zuzugehen, sie nicht in die Arme zu nehmen, denn in diesem Moment, vor dem Sprechen, vor allem, gab es nur sie beide. Und er begehrte sie, wie er sie immer begehrt hatte.

Dann wandte sie den Blick ab, und er erinnerte sich an

alles, was geschehen war. Ihre Leidenschaft, ihre Zurückweisung. Einfach, endgültig. Oder zumindest hatte sie das gedacht. Aber für ihn war sie eine unerledigte Sache, eine Sache, die er *erledigen* musste, bevor er mit dem letzten Teil des Puzzles, das sein Leben war, weitermachen konnte. Bevor er heiraten und eine Familie gründen konnte. Er wollte sie, er würde sie haben, und erst dann konnte er mit seinem Leben weitermachen.

Er rieb seine Finger aneinander, bevor er ihr die Hand entgegenstreckte, sein Körper und sein Kopf blieben steif und gefasst. „Gabrielle."

Sie ging am Tisch entlang, ihre großen Augen verließen nie die seinen. Sie betrachtete seine Hand, dann hielt sie seinen Blick wieder fest. Sie nahm seine Hand nicht. Eine Beleidigung, an die er nicht gewöhnt war, eine Beleidigung, die er nicht leicht verzeihen würde.

„Warum hast du mich hergebracht?", fragte sie. Ihre Stimme zitterte, aber das vorgereckte Kinn und die wilden Augen verrieten, dass sie vor Wut bebte, nicht vor Nervosität. Sie hatte ihre Gefühle noch nie verbergen können. Sie huschten so offen über ihr Gesicht wie die Schatten und der Wind über den Wüstensand.

Er deutete auf das Essen vor ihnen und missverstand ihre Frage absichtlich. „Um mit Ihrem neuen Arbeitgeber zu speisen, natürlich. Bitte nehmen Sie Platz."

Sie zögerte einen Moment, bevor sie sich setzte, denn sie sah ein, dass sie keine Wahl hatte. Sie wirkte kleiner, als er sie in Erinnerung hatte, zerbrechlich vor den großen Mahagonistühlen, die er von der extravaganten Herrschaft seines Urgroßvaters geerbt hatte. Sie hatte abgenommen. Das hatte er nicht erwartet. Er hatte das Bild von ihr vor zwölf Monaten im Kopf behalten, seit sie gegangen war. Aber die Zeit war nicht stehen geblieben.

Er nickte seinem Butler zu, der an der Tür stand, und plötzlich öffneten sich die Türen, Tabletts mit dampfenden Speisen wurden hereingetragen und serviert, und ihre Weingläser wurden mit dem besten französischen Weißwein gefüllt, von dem er wusste, dass es ihr Lieblingswein war.

„Wie in alten Zeiten, Gabrielle", konnte er sich eine kleine Neckerei nicht verkneifen. Jetzt hatte er sie, wo er sie haben wollte, und konnte sich ein wenig entspannen.

Sie warf einen Blick auf seine Mitarbeiter, deren Anwesenheit er kaum noch wahrnahm. „Wohl kaum", murmelte sie.

Er runzelte die Stirn und folgte ihrem Blick. Dann gab er seinen Bediensteten ein Zeichen, das Zimmer zu verlassen. Nachdem sich die Tür mit einem leisen Klicken geschlossen hatte und sie allein waren, wandte er sich ihr zu.

„Ist es jetzt besser?"

Er sah den Kampf in ihrem Blick. „Ich wollte nicht, dass du sie wegschickst."

„Was wolltest du dann?"

„Ich wollte dir nur sagen, wie sehr du dich verändert hast."

Er lehnte sich in seinem Stuhl zurück und stellte vorsichtig sein Weinglas auf den Tisch, um sich Zeit zu geben, seine Gereiztheit zu beruhigen. Es gelang ihm nicht. „Ich bin jetzt König von Gharb Havilah, *nicht* der Zweite in der Thronfolge. Mein Vater ist tot, mein älterer Bruder auch. Natürlich habe ich mich verändert. Genau wie du. Aber nicht genug. Ich hätte mir gewünscht, dass du dich mehr verändert hättest." Und er meinte es ernst. Wenn sie sich bis zur Unkenntlichkeit verändert hätte, wenn sie dicker geworden wäre, wenn sie sich die Haare gefärbt hätte, wenn sie die neueste Mode getragen hätte, dann hätte er vielleicht nicht dieses Kribbeln der Lust in seinem Bauch gespürt. Aber sobald der Gedanke aufkam, verwarf er ihn wieder. Tief in seinem Inneren wusste er, dass keine noch so große Veränderung etwas daran ändern würde, wie sehr er sie brauchte. Und genau das musste er ändern. Zwölf Monate Trennung hatten nichts geändert. Er hoffte, dass ein Monat Zusammensein ihren Bann brechen würde.

„Ich nehme an, du hast mich nicht nur zum Essen eingeladen, um mich zu beleidigen."

„Da hast du recht."

„Warum dann?"

„Warum bist du hier?" Er musste sie hinhalten. „Ich möchte mit meiner neuen Angestellten zu Abend essen." Er öffnete die Arme in einer unschuldigen Geste. „Ist das so überraschend?"

Ihre Augen verdunkelten sich ärgerlich. „Ja, das ist es. Ich dachte, mein Vertrag sei vom Museumsdirektor arrangiert worden, dass ich *sein* Angestellter sei. Ich hatte nicht erwartet, mit dem König zu Abend zu essen."

„Der Museumsdirektor", wiederholte er. „Wirklich?" Er schüttelte den Kopf. „Nein, Gabrielle, das war ich. Aber du bist von meinen Plänen abgewichen. Statt direkt herzukommen, hast du das Flugzeug nach Dubai genommen und bist dann auf dem Landweg über das Hinterland und Tawazun gekommen. Deine alten Jagdgründe."

„Du weißt, welche Route ich genommen habe", antwortete sie langsam und schüttelte den Kopf.

„Natürlich weiß ich das. Wie konntest du glauben, ich wüsste es nicht?"

Er spießte eine Gabel voll gewürztem Lamm auf und zwang sich, zu essen, während er ihr bedeutete, dasselbe zu tun. Sie beugte sich vor, und er bemerkte, wie sich ihre Nasenflügel vor Freude über den würzigen Duft weiteten. Trotz ihres Widerwillens, mit ihm zu essen, ließ sie sich von dem traditionellen Festmahl beduinischer Köstlichkeiten verführen, das er bestellt hatte.

„Bitte", sagte er. „Fang an." Sein Herz wurde weich bei ihrem Zögern und der Unsicherheit in ihren Augen. „Es ist Tradition, Gabrielle, dass wir unser Essen teilen, wenn wir alte Freunde in unserem Land willkommen heißen. Ich entschuldige mich, wenn meine Begrüßung etwas derb ausfällt, aber wie du dich sicher erinnerst, bin ich mehr ein Mann der Taten als der Worte."

Sie biss sich auf die Lippe, nickte einmal und brach ein Stück des traditionell gebackenen *Regag*-Brotes ab. Seufzend lehnte er sich zurück. Ihre Abwehr war um eine Stufe gesunken, und er spürte, dass eine Hürde genommen war. Sie trank einen Schluck Wasser, und er beobachtete, wie sich ihre Lippen, nicht geschminkt, aber leicht feucht vom Wasser, um die Gabel schlossen, auf der sie ein Stück Lamm und eine Aubergine aufgespießt hatte. Ihre Augen schlossen sich für einen Moment, als sich die Aromen und Gewürze des Gerichts auf ihrer Zunge entfalteten. Er trank einen Schluck Wein, um die Wirkung zu verbergen, die ihr Essen auf ihn hatte.

„Schmeckt dir das Essen?", fragte er, nachdem er sich erholt hatte.

Sie schluckte und nickte lächelnd. „Ja, in der Tat. Danke für den Empfang und das Essen. Ich weiß es zu schätzen."

Eine Frage lag auf seinen Lippen. Er ignorierte sie. Es war zu früh.

„Es ist immer ein Vergnügen, Dinge für Menschen zu tun, die sie wirklich zu schätzen wissen." Er rutschte auf seinem Stuhl hin und her. Er hatte sich eingebildet, er wäre vor ihrer Anziehungskraft sicher, wenn er Gabrielle am Ende des Tisches platzierte. Er hatte sich geirrt.

Ihr Lächeln wurde breiter, und sie zog leicht überrascht die Augenbrauen hoch. „Das tue ich. Ich hätte fast..." Sie brach ab.

„Vergessen?", forderte er sie auf. „Das kann ich nicht glauben."

Ihr Lächeln verzog sich kurz. „Nein. Ich glaube nicht, dass ich diesen Ort je vergessen werde." Sie sah sich um. „Er liegt mir im Blut."

Zufrieden sog er die Luft ein. Sie hatte ihm gegeben, was er wollte. Es war das, was er gehofft hatte, was sie sagen würde, es war das, was er geglaubt hatte, was sie sagen würde, aber er hatte nicht gewusst, ob sie es selbst verstand. Er konnte zuversichtlich weitermachen.

Und das tat er. Er sorgte dafür, dass sie sich entspannte und das Essen genoss, und hielt das Gespräch auf einer unpersönlichen Ebene - über das Land, die Archäologie und gemeinsame Freunde. Bis schließlich nur noch die Reste des Essens zwischen ihnen lagen und die Kerzen heruntergebrannt waren, eine davon warf flackernde Schatten auf ihr Gesicht.

„Zavian." Sie lehnte sich in ihrem Stuhl zurück und wiegte ein Glas Wein in den Händen. „Ich habe dir zu

Beginn des Dinners eine Frage gestellt, die du nicht direkt beantwortet hast. Ich werde sie noch einmal stellen." Sie neigte den Kopf zur Seite, in einer Haltung, die er unglaublich anziehend fand. „Warum hast du mich hergebracht?"

„Ich dachte, wir sollten uns so schnell wie möglich treffen, um ein wenig" - er zögerte, während er überlegte, welches Wort er wählen sollte - „Unbehagen zu überwinden. Schließlich wirst du in meiner Nähe arbeiten und leben.

Er glaubte nicht, dass sie in dem warmen Licht noch blasser hätte werden können.

„In deiner Nähe...", sagte sie schwach.

„In der Tat. Deine Arbeit wird das Juwel in der Krone unserer bevorstehenden Feierlichkeiten sein. Ich möchte sie beaufsichtigen, damit alles so ist, wie es sein soll."

„Du hast Leute, die das machen. Das *ist* geschäftlich, oder?" Ihre Augen funkelten, und er fühlte sich plötzlich unsicher. Ihr Blick war verschattet, als würde sie sich vor ihm verstecken. „Was erwartest du noch von mir?"

Er legte den Kopf zurück. „Glaubst du, ich habe dich hergebracht, um unsere Beziehung zu erneuern?"

„Ich habe keine Ahnung. Du hast das alles inszeniert, so viel steht fest. Du brauchst mich nicht für die Arbeit an den Zweitausendjahrfeiern. Die sind seit Monaten geplant, wahrscheinlich seit Jahren. Sie werden in einem Monat stattfinden. Das ist eine Deadline. Aber wofür?"

Er leckte sich über die Lippen, sowohl beim Anblick ihrer geröteten Wangen als auch bei der unerwartet klaren Zusammenfassung der Situation. Es gefiel ihm, wie sie ihn herausforderte. Das war schon immer so gewesen. Er setzte etwas in Gang, wie bei einem Schachspiel, und erwartete ein bestimmtes Ergebnis. Aber er hatte nie die einzigartige Kombination ihrer intelligenten und emotionalen Reaktion vorhersehen können, die so anders war als seine eigene. Es hatte ihn damals in Atem gehalten, und es sah so aus, als würde es das jetzt auch tun. Er lächelte.

„Eine Frist, die ein neues Gharb Havilah bedeutet, einen neuen Anfang, das Ende des Alten."

„Du wirst heiraten, nicht wahr? Du hast mich hierher gebracht, um vor deiner Hochzeit noch einmal etwas aufleben zu lassen?"

Er grunzte ein unbekümmertes Lachen. Manchmal konnte ihr Scharfsinn wirklich nerven. Aber er wusste, wie er diesen scharfen Verstand zum Schweigen bringen konnte, er wusste, wie er sie zähmen konnte. Er erhob sich von seinem Stuhl, die Beine kratzten über den Steinboden, und trat auf sie zu. Sie sah ihn mit erschrockenen Augen an. Er brauchte sie nicht einmal zu berühren. Sie lehnte sich zurück, klammerte sich an den Tisch, und er beobachtete, wie ihr langer Hals krampfhaft schluckte. Er sehnte sich danach, sie zu küssen. Aber er weigerte sich, diesem Impuls nachzugeben. Egal, was sie dachte, er würde nichts nehmen, was nicht freiwillig gegeben wurde. Aber eine kleine Erinnerung an ihre Chemie war nicht schlecht.

Seine Augen wanderten über ihr Gesicht, ließen seinen Geist, seine Sinne sich mit ihr vertraut machen. „Vielleicht ist das Wunschdenken?"

Sie konnte nicht sprechen, sie war wie betäubt. Sie schüttelte verneinend den Kopf.

Er zog ungläubig eine Augenbraue hoch. „Nein? Bist du sicher?"

Wieder schüttelte sie den Kopf, wiederholte die Bewegung, ohne zu merken, dass sie das Gegenteil von dem antwortete, was sie wollte.

Er brummte leise und wich zurück. „Geh jetzt. Schlaf gut."

Er wartete ihre Antwort nicht ab. Stattdessen öffnete er die Tür, wo ein Assistent wartete, und beobachtete, wie sie tief Luft holte, aufstand und zur Tür ging. Sie blieb neben ihm stehen. „Es hat sich nichts geändert, Zavian. Gar nichts." Sie ging durch die Tür, und er schloss sie hinter ihr mit mehr Kraft, als er gewollt hatte.

Er würde nicht lange brauchen, um sie zu verführen, denn sie irrte sich. Alles hatte sich verändert, und sie wollte ihn genauso sehr wie er sie.

Wie benommen folgte Gabrielle dem Assistenten zurück in ihr Zimmer. Von dem Moment an, als Zavian sich ihr genähert hatte, hatte ihr Körper sie verraten. Er hatte ihren Verstand betäubt, bis sie sich nur noch seiner bewusst war - seiner Körperlichkeit und seines Verlangens nach ihr. Sie konnte sich nicht einmal mehr daran erinnern, was er sie gefragt hatte, sie hatte nur noch diese schmalen Lippen wahrgenommen, die andere immer als streng bezeichnet hatten, von denen sie aber wusste, dass sie Magie erzeugen konnten. Seine Stimme hatte mit ihren Sinnen gespielt, wie sie es immer getan hatte, seine samtenen, reichen Töne hatten bis in ihr Innerstes vibriert. Seine Augen hatten sie durchdrungen und gefunden. Sie atmete tief durch und versuchte, ihren beschleunigten Herzschlag zu beruhigen und die Erregung zu löschen, die allein das Zusammensein mit ihm wieder zum Leben erweckt hatte. Verdammt, *sie* war wieder lebendig.

Sie setzte einen Fuß vor den anderen, ihre Schritte

hallten auf dem Marmorboden wider. Sie hatte nur noch einen Monat zu leben, einen Monat, um sich vor diesem Mann zu schützen, der sie in eine Falle gelockt hatte, um sich zu amüsieren, um sich zu rächen, weil sie ihn verlassen hatte. Einen Monat, bevor sie sich von diesem Mann befreien konnte, an dessen Zukunft sie nicht teilhaben konnte.

KAPITEL 3

Gabrielle scrollte durch die Liste der Punkte in der E-Mail, die sie vom Büro des Königs erhalten hatte. Ihre Arbeit war auf einzelne schwarze Markierungen reduziert worden - wie dunkle Kreise, die von Einschusslöchern stammen - eine nach der anderen, eine nach der anderen. Irgendwie passte es. Zavian war entschlossen zu zeigen, dass niemand Kontrolle über ihn hatte, nicht seine Familie, nicht seine Untertanen und offensichtlich auch nicht seine Ex-Geliebten. Kontrolle durch Aufzählungspunkte.

Sie scrollte zurück an den Anfang der Liste. Nummer eins war schon abgehakt. Planungstreffen mit dem Museumspersonal zur Vorbereitung der Millenniumsfeier. Es schien, als würde sie dafür kaum noch gebraucht. Alles war unter Dach und Fach, was sie zu Nummer zwei brachte. Das war nun etwas heikler. Es war beschlossen worden - von wem, wusste sie nicht -, dass die Exponate mehr brauchten als trockene Beschreibungen. Sie brauchten Geschichten, die ihren Hintergrund und ihre kulturelle Bedeutung erklärten, Geschichten, die ein internationales Publikum ansprachen und den Stücken Leben einhauchten.

Auch das war weitgehend geregelt. Bis auf drei Stücke, die für sie bestimmt waren. Der Koran von Khasham, Tongefäße aus einer Wüstengegend, die sie und ihr Großvater ausgegraben hatten, und ein Gedichtband.

Seufzend lehnte sie sich zurück und knabberte an ihren Fingerspitzen, während sie darüber nachdachte, warum Zavian gerade diese Stücke für sie ausgewählt hatte. Denn sie zweifelte nicht daran, dass er dahinter steckte. Mit Gedichten konnte sie umgehen. Sie war bei ihrem Großvater aufgewachsen, der Poesie liebte, und hatte ihm bei seinen Recherchen geholfen. Töpfern? Auch das würde keine große Herausforderung sein. Sie kannte sich mit antiker Keramik aus Havilah besser aus als mit den Töpfen und Pfannen in ihrer kleinen Wohnung in Oxford. Aber was eine Herausforderung sein würde - eine *riesige* Herausforderung - war der Khasham-Koran. Es gab nichts, was sie nicht wusste. Und es gab keine Möglichkeit, all ihr Wissen mit irgendjemandem zu teilen, schon gar nicht mit Zavian.

Sie seufzte und warf einen Stift auf den Tisch. Sie schloss die Augen und stöhnte auf. Sie konnte es nicht tun. Es war eine spontane Entscheidung gewesen, den Koran zu kaufen, als er in London versteigert wurde. Sie hatte die Auktion umgangen, indem sie ein Gebot abgab, das der Besitzer - ein Händler, der es vorzog, das Gebot anzunehmen, anstatt das Risiko einzugehen, den Koran genauer zu untersuchen, um einen höheren Preis zu erzielen - bereitwillig akzeptierte. Für sie gab es nur einen Ort, an den der Khasham-Koran gehörte, und das war Gharb Havilah. Sie wusste, dass sie ihn angesichts der dubiosen Geschäfte des Verkäufers auch für weniger hätte kaufen können. Trotzdem wollte sie, dass das Geld, das sie von Zavians Vater angenommen hatte, von ihrem Konto verschwand. Sie hatte es nur aus einem Grund angenommen - um Zavian zu überzeugen, sie in Ruhe zu lassen. Sein Land brauchte ihn, nicht sie. Hätte sie getan, was er wollte, und wäre bei ihm geblieben, hätte sie sein Land zerstören können.

Aber es war ihre Schwäche, den Koran zu kaufen und ihn an seinen Geburtsort zurückzubringen, die sie verraten hatte.

Sie zuckte zusammen, als das schrille Klingeln ihres Telefons ihre Konzentration unterbrach. Sie starrte auf das Display. Nur wenige wussten, dass sie hier war, aber der Bildschirm zeigte, dass der Anrufer nicht in der Liste stand. Widerstrebend tippte sie auf das Display.

„Hallo?"

„Gabrielle." Zavians unverkennbare Stimme sprach ihren Namen, als würde er sie zum ersten Mal identifizieren.

„Zavian", antwortete sie ebenso energisch. Er zögerte einen Moment, und plötzlich wurde ihr bewusst, dass ihn nach dem Tod seiner engsten Familie nur noch wenige mit seinem Vornamen anredeten. Ihr Herz wurde weich, trotz ihrer guten Absichten. „Wollten Sie etwas?", fügte sie versöhnlicher hinzu.

„Ein Treffen. Mit Ihnen. Jetzt."

„Hm", knurrte sie, nahm das Handy kurz vom Ohr und sah überrascht darauf. Sie tippte auf das Display, um es deutlicher hören zu können, und fragte sich, ob sie sich den Befehlston nur eingebildet hatte. „Tut mir leid, das habe ich nicht verstanden."

Sie hörte deutlich, wie er scharf die Luft einsog. „Gabrielle." Ihr Name entwich mit seinem Atem, und sie hätte schwören können, dass er auf ihrer Haut kitzelte. „Ein Treffen in meinem Büro, um Ihre Arbeit zu besprechen... wenn Sie so freundlich wären", sagte er mit einem drohenden Unterton, der seinen Worten völlig widersprach.

Sie verschränkte einen Arm vor der Brust. „Natürlich, Eure Majestät. Ich stehe zu Euren Diensten", erwiderte sie und merkte, dass ihr ironischer Ton völlig unterging, als sie nur noch die leere Stille des beendeten Gesprächs hörte.

Er hatte sie zu sich gerufen und sofort aufgelegt. Was für ein Mann tat so etwas? Sie sprang auf und blickte aus dem Fenster in Richtung seines Büros. Aber sie kannte die Antwort. Ein König, ein Alleinherrscher, jemand, der es gewohnt war, absolut gehorchen zu müssen - das war nicht der Mann, den sie kannte.

Für einen kurzen Moment überlegte sie, in ihrem Büro zu bleiben, der Vorladung *nicht* zu folgen. Aber nur für einen Moment, denn sie erkannte schnell, was passieren würde. Die Demütigung, wenn er - oder seine Leute - sie abholen würden. Sie erhob sich und schüttelte den Kopf. Viel mehr konnte sie nicht ertragen.

Sie war mit der Absicht nach Gharb Havilah gekommen, so lange wie möglich zu verbergen, was sie getan hatte. Aber jetzt merkte sie, dass das alles nur noch schlimmer machen würde. Sie betrachtete ihr Spiegelbild. Nein, sie könnte genau das Gegenteil von dem tun, was er erwartete, um ihn aus der Fassung zu bringen und sich selbst hier rauszuholen.

Gabrielle nahm ihre Abaya und ihr Kopftuch von der Tür, wo sie immer bereit hingen. Obwohl die Frauen im Palast tragen konnten, was sie wollten, neigten die meisten dazu, bei Besprechungen und draußen in der Stadt Variationen von Abaya und Kopftuch zu tragen. So fühlte sie sich auch am wohlsten.

Als sie ihre Tür öffnete, wartete ein Sicherheitsbeamter darauf, sie zu Zavian zu bringen. Sie gingen einen Weg unter einer Kolonnade entlang, die Schutz vor der Mittagssonne bot. Die Tage waren schwül unter der Hochsommersonne. Aber das Plätschern des Wassers hörte nie auf, und die Pflanzen wirkten makellos, üppig und erholsam für das Auge. Kleine Vögel flatterten zwischen den großen, vasenförmigen Blüten umher und saugten Nektar, bevor sie, kaum größer als ein Insekt, wieder davonflogen. Gabrielle vermisste die Schönheit dieser Welt. Ihre Überfülle, ihre Ausgelassenheit, ihre schillernde Mystik und Exotik. Bei all der Schönheit Oxfords wirkte ein Ort wie dieser, der noch älter war als das mittelalterliche Oxford, grau und leblos.

Als sie durch die Gänge des Palastes gingen, weigerte sich der Wächter, mit ihr zu sprechen, obwohl sie es mehrmals versuchte. Stattdessen folgte sie seinen schnellen Schritten in einen Teil des Palastes, den sie zuvor nur einmal betreten hatte. Vor einer Tür blieb der Wächter stehen.

Sie schüttelte den Kopf. „Aber das ist doch der Weg zum-" Bevor sie ihren Satz beenden konnte, öffnete der Wachmann die Tür und gab den Blick auf ein leeres Privatbüro frei.

Er lächelte höflich und verließ den Raum. Plötzlich nervös sah sie sich um. Vor dem Fenster stand ein großer Schreibtisch, der zweifellos den Eintretenden beeindrucken sollte. Neben den Bücherwänden vervollständigte eine informelle Sitzecke mit zwei Sofas und einigen Stühlen um einen Tisch die Einrichtung. Das letzte und einzige Mal war sie hier gewesen, als Zavians Vater sie herbestellt hatte. Es war sein privates Arbeitszimmer gewesen, und jetzt war es zweifellos das seines Sohnes.

Sie stand still und sah sich um, wartete darauf, dass die Teile des Puzzles an ihren Platz fielen. Warum hatte Zavian sie in dieses Zimmer gerufen, um über die Arbeit zu sprechen? Oder war das nur ein Vorwand, um sie hierher zu locken? Sie atmete tief durch, um sich zu beruhigen, dann fiel ihr Blick auf einen Schrank an der Seite. Er war klein und schien auf den ersten Blick nur wenige ausgewählte Stücke zu enthalten.

Aber sie kannte seine Form.

Sie war mit Zavian zusammen gewesen, als sie sie gefunden hatten. Die Erinnerungen trafen sie wie Pfeile, die ihre Schutzschicht durchbohrten. Ohne diesen Schutz spürte sie die volle Wucht jenes Augenblicks vor achtzehn Monaten, als sie mit Zavian allein in der Wüste gewesen war. Die Aufregung der Entdeckung wurde nur noch vom Liebesspiel danach übertroffen. Sie schloss die Augen vor der Wucht der Gefühle, die wie eine Flutwelle tief aus ihrem Inneren aufstiegen.

Plötzlich spürte sie ein Kribbeln in Nacken und Rücken, das sich tief in ihrem Inneren festsetzte. Die Seide ihrer Abaya schimmerte leicht, als die Luft sich bewegte. Eine Tür schlug zu, und sie wirbelte herum. Zavian war förmlich in ein weißes Gewand gekleidet, das ihn noch größer erscheinen ließ, als er war. Sie hatte die traditionellen Gewänder immer gemocht. Sie besaßen eine zeitlose Schlichtheit und Schönheit. Alle Augen im Raum richteten sich auf Zavian, wenn er europäische Kleidung trug, aber die Kleidung eines Königs? Er wirkte nicht nur anziehend, sondern ehrfurchtgebietend. Das war kein Mann, mit dem man sich anlegen wollte. Das war nicht mehr *ihr* Mann, nicht der Mann, mit dem sie die Objekte entdeckt hatte.

Das Kribbeln, das in ihrem Nacken begonnen hatte, sank tiefer in ihren Bauch, als Zavian auf sie zukam.

„Zavian!" Sein Name entschlüpfte ihren Lippen, bevor sie sich beherrschen konnte. Sie spürte, wie ihr die Röte ins Gesicht stieg, als er sie mit einem Hunger ansah, der sie schwach werden ließ. Sie durfte sich nicht mitreißen lassen, nicht vergessen, warum sie nie zusammen sein konnten. Irgendwie beherrschte sie sich und trat zurück, brauchte Abstand zwischen ihnen. „Eure Majestät."

Als sie die Anrede aussprach, veränderte sich der Ausdruck in seinen Augen, und die arrogante Kontrolle, die sie in der ersten Nacht beobachtet hatte, kehrte zurück.

„Dr. Taylor."

Seine Förmlichkeit traf sie mitten ins Herz, aber sie weigerte sich, es ihm zu zeigen. Soweit er wusste, war sie bestochen worden, ihn und sein Land zu verlassen, und ohne Abschied aus seinem Leben verschwunden.

„Ich sehe, Sie haben einige Stücke aus meiner Privatsammlung bewundert."

Sie zuckte zusammen, als er die Hand hob und an ihr vorbeiging. Sie erstarrte, alle Sinne auf ihn gerichtet, und fragte sich, was er wohl tun würde. Doch er zog nur einen der Gegenstände hervor, die sie betrachtet hatte, hielt es gegen das Licht und drehte es in seinen kräftigen Händen, an deren Feinfühligkeit sie sich noch gut erinnerte.

„Ich bewundere dieses Stück wegen seiner Einfachheit."

Sie nutzte seinen Blickwechsel, atmete leicht aus und fasste sich. „Ich... ich habe es nie für schlicht gehalten."

Seine Mundwinkel zuckten leicht, aber er wandte den Blick nicht von dem Stück ab. „Seine Konturen sind gleichmäßig, seine Form ist für seinen Typ Standard. Wie kann man es *nicht* als einfach betrachten?", fragte er und reichte es ihr, wobei sich ihre Finger berührten.

„Weil..." Sie zögerte und zwang sich, sich auf das Stück zu konzentrieren, nicht auf ihn. „Weil ich jedes Mal, wenn ich es ansehe, etwas anderes sehe." Sie drehte das Stück im Licht. „Eine Schattierung, eine Linie, eine Kante, ein Zeitmaß, das in sein Gewebe eingraviert ist. Etwas Schönes und doch Unvollkommenes, alles in einem Stück."

Sie blickte von dem Stück zu ihm auf. Er hatte den Blick gesenkt, der nun auf ihren Lippen ruhte. Als er sie wieder hob, war ihr Kastanienbraun dunkler als zuvor. „Du hast immer aus etwas Einfachem etwas Komplexes gemacht."

„Vielleicht, weil es nie einfach war."

Ein Muskel zuckte in seinem Kiefer, doch er sagte nichts. „Du irrst dich. Alles ist einfach. Alles lässt sich auf das Wesentliche reduzieren."

„Warum ist dir das so wichtig?"

„Weil du es nur dann beurteilen kannst, nur dann kannst du es als das schätzen, was es ist."

Er war ihr zu nah, als dass sie klar denken konnte. Seine Augen wanderten über ihr Gesicht, während die

Stille sich ausdehnte, sich vertiefte und unerträglich wurde. Sie schluckte und richtete sich ein wenig auf.

„Nun, ich wünsche Ihnen viel Glück dabei. Was wollten Sie von mir, Eure Majestät?" Sie hoffte, dass die Verwendung seines Titels sie beide daran erinnern würde, dass die Intimität ihres Gesprächs ein Ende haben musste.

„Ich habe viel Geld bezahlt, um Sie hierher zu bringen, und doch fragen Sie, warum ich Sie sehen wollte?" Seine Augen verengten sich, und er neigte den Kopf leicht zur Seite. „Ich dachte, Sie wüssten alles über die Macht des Geldes."

Sie wünschte, sie würde nicht so leicht erröten, aber seine Bemerkung ließ ihr das Blut in den Adern gefrieren und brandmarkte sie mit Schuldgefühlen. Aber sie konnte sich nicht wehren. In seinen Augen musste sie schuldig sein. „In der Tat."

„Und die Person mit dem Geld hat die Kontrolle, nicht wahr?"

Sie nickte. Seine Nähe machte es ihr schwer, klar zu denken. „Manchmal", murmelte sie.

„Ich denke, Sie werden feststellen, dass es immer so ist. Warum wären Sie sonst hier?"

„Aber warum ich? Andere hätten den Job machen können. Andere ohne die Komplikationen, die ich mitbringe."

„Manchmal lassen sich Komplikationen leider nicht vermeiden. Man muss sich ihnen stellen, damit die Dinge wieder einfacher werden. Es gibt Dinge, Gabrielle, die muss ich wissen. Angefangen mit dem hier." Er nahm eine Fernbedienung und drückte auf einen Knopf. Ein Teil der Wand glitt zur Seite und gab den Blick frei auf den Koran von Khasham.

Verblüfft wich sie zurück, als würde sie von einem Kraftfeld weggestoßen. Sie hatte angenommen, er sei irgendwo im sichersten Teil des Museums weggeschlossen. Sie hatte sich geirrt. Sie sah sich ihrer Schwäche gegenüber - einer Möglichkeit, sich von der Annahme des Bestechungsgeldes reinzuwaschen, einer Möglichkeit, einen Schatz an seinen rechtmäßigen Platz zurückzubringen, einer Möglichkeit, von der sie geglaubt hatte, sie sei anonym geblieben.

Vielleicht war es eine Fälschung? Sie ging darauf zu, ihr Herz schlug schneller, aber sie sah auf den ersten Blick, dass es echt war. Der Einband war neuer - er spiegelte das Ocker und das leuchtende Indigo der Buchseiten wider -, aber an der goldenen, eckigen Kufi-Schrift, die mit einer Lösung aufgetragen worden war, in der Gold schwebte, gab es keinen Zweifel. Und als sie den Kopf zur Seite neigte, bestätigten es die unebenen Seiten, die die Verfärbungen von Jahrhunderten trugen. Sie schloss die Augen und atmete tief ein - trotz des Glaskastens, in dem er lag, kannte sie seinen Geruch. Sie hatte es in der Hand gehalten und kannte den muffigen Geruch des Altertums und der Wüste.

All das bewies, dass es das Original war, was bedeutete, dass jemand sie damit in Verbindung gebracht hatte. Sie schluckte den Kloß hinunter, der wie aus dem Nichts aufgetaucht war, und blinzelte die Tränen weg. Der Koran war gut präsentiert. Der Hintergrund hatte die ausgebleichte Steinfarbe der Hammada-Ebenen, und das Licht darüber war klar und enthüllte alles, was in den illuminierten Verzierungen des wertvollsten Korans von Gharb Havilah zu sehen war. Aber es war nicht hell genug, um das Stück zu beschädigen, von dem sie wusste, dass es tausend Jahre lang in der Nähe einer Höhle verborgen gewesen war, begraben neben dem König, der seine Erschaffung befohlen hatte. Sie wusste es, weil ihr Großvater ihr oft genug erzählt hatte, wie er es entdeckt hatte und wie es dann verschwunden war. Verschwunden bis vor einem halben Jahr, als es wieder auftauchte und sie es gekauft hatte. Der Zettel, der dem Stück beilag, identifizierte den Spender als anonym.

Als sie zu Zavian zurückblickte, hatten sich seine Augen verändert. Er wusste es. Er wusste es absolut. *Er* mochte undurchschaubar sein, aber *sie* war ein offenes Buch für ihn. Er bedeutete ihr, sich an den Tisch vor den Khasham-Koran zu setzen. Ihr blieb nichts anderes übrig, als sich hinzusetzen und das Objekt zu betrachten, das sie verraten hatte.

Er stand neben ihr. „Er ist schön, nicht wahr?"

„Ja", brachte sie zwischen zusammengepressten Lippen hervor.

„Und geheimnisvoll."

Sie presste die Lippen zusammen, als hätte sie Angst, die Wahrheit könnte herausplatzen.

„Finden Sie nicht auch?"

„Nicht wirklich. Wir wissen, woher er kommt."

„Ja, aber wir wissen nicht, wie er hierhergekommen ist, oder?"

Sie zuckte mit den Schultern. „Ich weiß nicht, wie ich Ihnen helfen kann." Sie hielt den Blick fest auf ihn gerichtet und weigerte sich, ihm die Genugtuung zu geben, wegzuschauen. Dabei wusste sie die ganze Zeit, dass ihre knallroten Wangen sie verrieten.

„Nicht?"

Sie zuckte mit den Schultern. „Die Herkunft ist bekannt."

„Mir nicht."

„Es wurde nicht weit von hier gefunden, glaube ich."

„In den Ruinen von Khasham. Ja. Danke. *Das* weiß ich."

„Und dann ist er verschwunden."

„Ich bin so froh, dass ich so viel Geld ausgegeben habe, um Sie hierher zu bringen, um einen so scharfsinnigen Hintergrund für das Stück zu bekommen. Obwohl ich mir nicht sicher bin, ob Ihr Oxford College ebenso erfreut sein wird."

Die Erinnerung daran, dass die Zukunft ihres Oxford College und seiner Mitarbeiter von ihrer Arbeit abhing, kam ihr gerade recht. Sie schluckte. „Was möchten Sie noch wissen?"

Beiläufig deutete er auf den Koran. „Das habe ich Ihnen doch gesagt. Über den Koran. Ich möchte, dass Sie mir erzählen, was mit ihm passiert ist. Ich möchte wissen, wie er in meine Sammlung gekommen ist." Stirnrunzelnd saß er da, die Hände vor sich gefaltet.

Sie öffnete den Mund, um zu sprechen, aber die Worte entglitten ihr.

„Erzählen Sie es mir", wiederholte er.

„Ich kann nicht."

„Ich dachte, Sie würden es sagen. Aber ich habe überlegt, wie ich Ihnen helfen kann."

„Helfen?", wiederholte sie schwach, kaum fähig, klar zu denken.

„Genau. Ich habe meinen Terminkalender für die nächsten vierundzwanzig Stunden freigeräumt, um Ihnen dabei zu helfen."

„Sie haben... was?"

„Ich dachte, Sie könnten Probleme mit Ihrem Gedächtnis haben, und ich habe beschlossen, Ihnen dabei zu helfen."

„Wie rücksichtsvoll", murmelte sie.

„Ich will nur die Wahrheit wissen."

„Und wenn ich die Wahrheit nicht herausfinde?"

„Dann wird Ihr Oxford College nicht mehr für seine Dienste bezahlt und hört auf zu existieren."

„Woher wissen Sie..."

„Dass Ihr College dringend Geld braucht? Ich habe gehört, dass eine seiner Hauptfinanzierungsquellen versiegt ist."

Sie schloss kurz die Augen. „Das waren Sie."

Er zuckte mit den Schultern. „Ich tue, was ich tun muss." Er trat einen Schritt zurück. „Seien Sie in einer Stunde bereit."

„Wohin fahren wir?"

„Ich dachte, Sie würden zögern, mir das zu sagen." Er trat noch einen Schritt zurück. „Wir fahren zur Wüstenburg von Khasham."

„Das Wüstenschloss", wiederholte sie. Sie schüttelte den Kopf. „Aber..."

Er drehte sich mit hartem Gesicht zu ihr um. „Kein Aber. Wir gehen nach Khasham. Vielleicht fällt es Ihnen dort, wo alles angefangen hat, leichter, mir alles zu sagen, was ich wissen will. Und wenn nicht? Dann bleibe ich an Ihrer Seite, bis Ihr Vertrag abgelaufen ist." Er machte eine Pause, doch sie antwortete nicht. „Sie haben einen Monat Zeit, Gabrielle. Einen Monat bis zu den Zweitausendjahrfeiern, wenn Ihre bezahlten Dienste nicht mehr benötigt werden."

„Warum dann?"

„Weil ich dann genau wissen werde, was ich wissen muss."

Als er aus dem Raum stürmte, wusste sie mit absoluter Sicherheit, dass er ihr nicht erlauben würde, Gharb Havilah zu verlassen, ohne ihm zu geben, was er wollte. Aber wenn sie es tat, riskierte sie, dem Land, das sie liebte, Schaden zuzufügen.

Als Zavian durch die Korridore des Palastes zu seiner Bürosuite ging, hatte er nur ein Bild vor Augen, ausgelöst durch die Art, wie das rosafarbene Licht ihr Gesicht berührt hatte. Es war kurz nach dem Tod seines Großvaters gewesen. Dasselbe Licht war auf ihr Gesicht gefallen, als sie in einem traditionellen Beduinenzelt in der Wüste aufgewacht war, weit weg von der Zivilisation. Er hatte eine Zeltklappe geöffnet, um zu beobachten, wie die Sonne langsam zwischen den Stämmen der Palmen aufging und ihre zarten, pfirsichfarbenen Strahlen auf das Wasser der Oase warf, wo die Vögel tranken, bevor die Hitze zunahm. Aber an diesem Tag interessierte ihn die Tierwelt nicht. Ihn interessierte nur, wie die Schatten der Palmwedel Licht auf sein Gesicht warfen. In diesem Moment hatte er gewusst, dass sie immer die Seine sein würde, egal was passierte.

In seiner Kindheit hatte er Gabrielles Großvater kennengelernt, wenn dieser seinen eigenen Großvater im Palast besuchte. Er hatte den alten Mann immer besucht, um Geschichten über die Wüste und die Geschichte seines Landes zu hören, für die sich sonst niemand in seiner Familie zu interessieren schien. Und er hatte alles über Gabrielle gehört, lange bevor sie sich zum ersten Mal trafen. Diese Begegnung hatte erst stattgefunden, als sie beide Teenager waren. Aber sie waren sich erst bei einer zufälligen Begegnung in der Wüste näher gekommen, als sie von ihrem Studium in Oxford zurückkam.

Kurz nachdem sie ihre Beziehung begonnen hatten, war ihr Großvater gestorben. Zavian ließ sich zunächst Zeit, da er wusste, wie sehr sie über den Verlust ihres einzigen Verwandten trauerte. Aber wenn er Recht hatte, was ihre Rolle bei der Rückführung des Khasham-Korans betraf, dann stellte sich die Frage, warum sie das Bestechungsgeld von seinem Vater angenommen hatte. Warum hatte sie es angenommen?

Er glaubte es zu wissen, aber er musste es von ihr hören. Und wenn er es wusste, würde er seine Beziehung zu ihr wieder aufnehmen, nur um sich von seiner Besessenheit zu befreien. Das war alles.

KAPITEL 4

Sie war noch nie gut darin gewesen, kontrolliert zu werden. Weder von einer Person noch von einer Sache – einer Mauer, einem Schloss, einer Anweisung. Ihr Großvater hatte das gewusst, ihr Abteilungsleiter hatte es mit der Zeit begriffen, aber es schien, als hätte der König von Gharb Havilah es noch nicht gelernt.

Ja, sie wollte, nein, sie *musste* in die Wüste, aber nicht mit ihm. Sie wollte jetzt mehr denn je allein sein, frei von den Fesseln des Besitzes, von verschlossenen Türen und Fristen. Und nicht zuletzt frei von Zavians Bann. Wann immer sie in seiner Nähe war, begehrte sie ihn, körperlich und emotional, wie jemand, der aus der Wüste kommt und nur von kargen Rationen überlebt hat. Sie hungerte und dürstete nach ihm, als hinge ihr Leben davon ab.

Aber es half nichts. Trotz der langen Blicke hatte ihre Beziehung keine Zukunft. Keiner von ihnen konnte die starke körperliche Anziehungskraft und die Freude an der Gesellschaft des anderen leugnen. Sie liebte es, Zavians ausdrucksloses Gesicht zu beobachten, die kleinen Veränderungen zu bemerken, die seinen Humor verrieten, das leichte Zucken seiner Mundwinkel, wenn ihn etwas amüsierte, und nicht zuletzt das Feuer in seinen Augen, wenn er sie ansah. Aber ihr blieb nichts anderes übrig, als der magnetischen Anziehungskraft zu widerstehen. Er konnte nirgendwohin führen, denn sie waren Welten voneinander entfernt. Und der Gedanke, die nächsten vierundzwanzig Stunden - oder länger - mit ihm zu verbringen, reichte aus, um sie in den Wahnsinn zu treiben.

Und sie hatte nicht vor, sich in den Wahnsinn treiben zu lassen. Deshalb hatte sie ein Taxi bestellt, das sie gut zwei Stunden vor der vereinbarten Zeit abholen und in die Wüste bringen sollte - nicht zum Wüstenschloss, sondern zu dem Ort, an dem sie mit ihrem Großvater aufgewachsen war. Es würde verlassen sein, das wusste sie, aber sie musste es wiedersehen, sie brauchte den Trost, den ihr altes Zuhause ihr geben würde. Sie würde tun, was man von ihr verlangte, dachte sie. Sie brauchte keine physischen Ressourcen, um die PR-Geschichten zusammenzustellen, alles war in ihrem Kopf und in ihrem Laptop. Sie würde arbeiten und sich an die Buchstaben ihres Vertrags halten, nur nicht ganz so, wie Zavian es sich vorstellte. Er mochte ein König sein, aber er war nicht ihr König.

Sie packte ihre Tasche und kam früh am Auto an, reichte ihre Tasche dem Chauffeur, der sie verstaute. Sie war im Begriff einzusteigen, als eine Gruppe Männer aus dem Schloss stürmte. Sie wusste, dass er es war, bevor sie ihn sah. Athletische, weißgewandete Männer sprachen in Mikrofone und ließen ihre Blicke über den leeren

Innenhof schweifen. Nur ein Blick war auf sie gerichtet – der des Mannes in ihrer Mitte.

Sie sprang ins Auto. „Los geht's! Jetzt!", rief sie dem Fahrer zu. Aber der Fahrer tat so, als höre er nicht, und trat zur Seite, um einen klaren Blick auf Zavian zu ermöglichen, der aus der weißen Marmorvorhalle des Palastes schritt, an beiden Seiten von Sicherheitsleuten flankiert, seine Augen unter gerunzelter Stirn auf sie gerichtet.

Sie sah weg und wappnete sich für seine Reaktion.

„Guten Morgen, Dr. Taylor", sagte Zavian, griff kurz nach der Oberkante des Autos und spähte hinein, wobei er sie über seine dunkle Brille hinweg mit Augen aus Obsidian ansah. „Es scheint, Sie haben vorweggenommen, dass wir früh aufbrechen würden."

Sie schluckte schwer, dann wandte sie sich ihm zu. „Wir? Nein. Ich wollte alleine losfahren."

„Und Sie wollten zum Wüstenschloss?"

Sie schüttelte den Kopf und blickte geradeaus. „Ich wollte zu meinem Familienhaus – dem Haus meines Großvaters."

„Um was genau zu tun?"

„Um zu arbeiten. Wie Sie es von mir wünschten."

„Was ich wünsche, ist, dass wir zum Wüstenschloss fahren. Jetzt ist nicht die Zeit für eine sentimentale Rückkehr in Ihr Kindheitsheim." Er drehte sich um und erteilte seinen Begleitern ein paar kurze, scharfe Befehle, von denen einige zum Palast zurückkehrten, während andere in Autos sprangen, die auf ein Handzeichen hin auftauchten. Das Geräusch zuschlagender Autotüren erfüllte den Innenhof. Zavian glitt auf den Fahrersitz und grunzte zufrieden, als er das Lenkrad und den Schalthebel bediente. Er hatte die Kontrolle, genau wie er es mochte.

„Gabrielle", sagte er, ohne sie anzusehen. „Du solltest wissen, dass ich ein Mann meines Wortes bin. Ich sagte, wir würden zusammen fahren, und genau das werden wir tun."

„Und du musst natürlich fahren", sagte sie, als seine Männer vom Auto zurücktraten und nur noch sie beide drin saßen. Die Tore rollten auf, und Zavian fuhr hindurch, dicht gefolgt von zwei anderen Fahrzeugen.

Er warf ihr einen Blick zu. „Natürlich."

Als sie langsam durch das alte Viertel und hinaus zur Stadtgrenze fuhren, konnte sie nicht anders, als sich zu erinnern.

Er warf ihr einen Blick zu. „Obwohl ich mich an eine Zeit zu erinnern scheine, als du darauf bestanden hast, uns im Jeep deines Großvaters durch die Wüste zu fahren."

Sie sah ihn überrascht an. Es war, als hätte er ihre Gedanken gelesen. „Er war uralt und erforderte sanfte Behandlung."

Sein Blick ließ ihren Puls rasen. Wieder waren ihre Gedanken im Einklang. „Und glaubst du immer noch, ich wüsste nicht, wie man Dinge sanft behandelt, wenn es nötig ist?"

Sie schluckte, weigerte sich aber zu antworten. Sie riskierte einen Blick auf sein Profil. Dunkle Gläser schirmten seine Augen vor der Sonne ab, als sie aus der Stadt herausbrachen und auf die kurze Ebene fuhren, die sie zur Bergstraße und dann ins Wüsteninnere führen würde.

„Ich bin im Sattel aufgewachsen, erinnerst du dich",

fuhr er fort. „Um das Beste aus einem Tier herauszuholen, muss man wissen, wie man es behandelt – wann man sanft sein muss, wann fest."

„Aber immer die Kontrolle behalten", murmelte sie, als sie an üppigen Farmen vorbeifuhren, das Ergebnis starker Bewässerung.

„Natürlich. Man kann seine Persönlichkeit nicht ändern."

„Umso bedauerlicher."

Es wurde still, und sie blickte zu Zavian zurück. Er hatte einen Arm über die Lehne des Sitzes gelegt, seine Hand berührte fast, aber nicht ganz, ihre Schulter, während er sich zu ihr herabbeugte. Er wirkte jetzt weniger wie ein König und mehr wie der Mann, in den sie sich verliebt hatte. In seinen Augen lag ein Hauch von Aufregung und noch etwas mehr.

Er brauchte sich nicht zu strecken, um seine Finger auszustrecken und ihre Schulter zu berühren, wenn er wollte. Er schien es noch nicht zu wollen. „Du würdest es nicht mögen, wenn ich meine Persönlichkeit ändern würde." Ein leichtes Lächeln umspielte seine Lippen.

Sie schüttelte den Kopf und versuchte, ein Lächeln zu unterdrücken. „Du glaubst, du kennst mich so gut."

„Ich kenne dich *wirklich*." Sein Finger ruhte nun auf ihrer Schulter. „In den letzten Tagen habe ich beobachtet, wie du dich mit den Bedingungen im Palast auseinander-gesetzt hast, und trotzdem hast du es genossen, wieder in Gharb Havilah zu sein."

Da war es wieder – dieser Widerspruch. Ihr Körper vibrierte bei dem Gedanken, dass er sie beobachtet hatte, dass er ihre Freude und ihr Unbehagen bemerkt hatte, im Palast mit ihm gefangen zu sein. Aber dann fühlte sie sich wie ein Kaninchen, das vom Scheinwerferlicht geblendet war, unfähig zu entkommen, betäubt von der Helligkeit des Lichts.

„Vielleicht." Sie konzentrierte sich angestrengt auf die sich nähernde Bergkette, die die Ebene umgab, auf der die Stadt lag.

Sein Finger bewegte sich über ihre Schulter, und sie schloss die Augen gegen die Empfindung, die sanft war und doch so kraftvoll, dass sie Schauer durch ihren Körper an Orte schickte, wo sie wirklich nicht hingehörten.

„Gabrielle." Seine Stimme war gedämpft, als ob auch er diese Empfindungen spürte. „Du wolltest frei vom Palast sein, und ich gebe dir diese Freiheit."

Sie öffnete den Mund, um zu sprechen, aber die Worte kamen nicht. Er glaubte wirklich, er würde ihr Freiheit geben. Sie konnte es in seinen Augen sehen. Sie schüttelte den Kopf, wollte es verneinen, ihm sagen, dass Freiheit nicht gegeben werden konnte. Wenn sie es wurde, war es nur eine weitere Form der Kontrolle. Aber bevor sie sprechen konnte, streichelte die Hand auf ihrer Schulter sie erneut, und alle Gedanken verschwanden.

„Beim Abendessen gestern Abend hast du mir eine Frage gestellt, und ich habe nicht geantwortet."

Sie zuckte mit den Schultern, wollte in diesem Moment keine Antwort auf diese Frage.

„Du hast es vergessen? Dann lass mich dich erinnern. Du hast mich gefragt, warum ich dich hierher gebracht habe. Du hast vermutet, ich wolle etwas wieder aufleben lassen, bevor ich heirate. Und ich habe nicht geantwortet."

Sie lächelte. „Das tust du selten, nicht wenn du nicht willst."

„Ah, aber es war nicht, dass ich nicht wollte, es war, dass ich die Antwort nicht kannte. Aber jetzt weiß ich sie."

„Was ist es? Was ist die Antwort?"

„Später, ich werde es dir später zeigen."

Zeigen, sagte er. Zeigen, nicht erzählen. Ihr Verstand weigerte sich, sich von der Vorstellung zu lösen, *wie* er es ihr zeigen würde.

„Jetzt", fuhr er fort, „erzähl mir von der Arbeit, die du in Oxford gemacht hast."

Sie atmete erleichtert auf. Sie hatte sich vorgestellt, er würde sofort mit dem Verhör über ihre Beteiligung am Koran beginnen. Trotzdem schien er seine selbst beschriebene Fähigkeit einzusetzen, behutsam vorzugehen, um Ergebnisse zu erzielen. Wie auch immer, sie war erleichtert.

Die Meilen schmolzen dahin, während sie über ihre Arbeit sprach, wieder auf vertrautem Terrain. Ihre Leidenschaft, ihr Lebenswerk. Erst als sie sich der Wüstenburg näherten, tat er mehr, als sie nur mit Fragen anzuregen.

„Du sagst, dies ist dein Lebenswerk." Er gestikulierte um sich herum. „All das. Und doch entscheidest du dich dafür, davon entfernt zu leben."

Die Leichtigkeit verschwand augenblicklich. Sie hatte sich beim Reden über ihre Arbeit mitreißen lassen und war in seine Falle getappt. „Meine Arbeit ist akademisch, theoretisch."

Er warf ihr einen Blick zu. „Nein, ist sie nicht. Sonst hättest du nicht getan, was du getan hast."

„Was meinst du?"

„Du weißt genau, was ich meine. Du weigerst dich, mir die Wahrheit zu sagen. Aber du wirst es tun."

Sie biss sich auf die Lippe. „Und wie willst du mich dazu bringen?"

Sie konnte spüren, wie sein Blick kurz auf ihr ruhte, obwohl sie ihn nicht erwiderte. Sie starrte entschlossen aus dem Fenster auf die Burg, die mit jeder verstreichenden Minute größer wurde.

„Ich werde dich an etwas erinnern."

„Erinnern?" Sie schnaubte. „Das klingt sehr subtil."

„Das kann ich sein. Du, von allen Menschen, solltest das wissen." Er machte eine Pause. „Sei dir ganz sicher, Gabrielle, du wirst mir alles erzählen."

Sie schluckte. Sie zweifelte nicht daran, dass er am Ende seinen Willen durchsetzen würde, aber sie war verdammt, wenn sie es ihm leicht machen würde.

„Alles?" Sie holte tief Luft, um sich zu stärken, und drehte sich auf ihrem Sitz zu ihm um. Sie wollte, dass er wusste, dass sie keine Angst vor ihm hatte. „Alles könnte einige Zeit in Anspruch nehmen. Hast du nicht ein Land zu regieren?"

„Das habe ich. Und ich werde es weiterhin aus der Ferne regieren, während ich Antworten finde."

„Antworten? Auf welche Fragen?"

Wieder ein Blick dieser verächtlichen Augen. „Du weißt es nicht?"

Sie zuckte mit den Schultern. „Vielleicht eine der Geschichten, für die du mich engagiert hast?"

Er ging nicht auf ihren Vorschlag ein, sondern schaute nur auf die Straße, überholte ein Auto und raste in die schimmernde Fata Morgana der Wüstenstraße. Er kanalisierte seine ganze Frustration in das Gaspedal, als sie sich den Toren des Schlosses näherten, die sich öffneten, um sie einzulassen.

Sie hielten in einer Staubwolke, weit vor allen anderen. Die Wüstenburg wirkte verlassen. Stille senkte sich herab, als er die Zündung des Autos ausschaltete.

„Ich will, dass du mir sagst, warum du das Geld meines Vaters genommen hast", sagte Zavian.

Sie hatte nicht erwartet, dass er so direkt sein würde. „Ich..."

„Du *was*?" Er beugte sich vor. „Willst du wissen, warum *ich* denke, dass du es genommen hast?"

Sie zuckte steif mit den Schultern. „Ich denke, das ist offensichtlich. Warum nehmen Menschen normalerweise Geld?" Sie presste ihre Zähne zusammen, um nicht zu zittern.

„Es gibt viele Gründe." Er sprang aus dem Auto und ging herum, um ihr die Tür zu öffnen. „Der Hauptgrund ist, dass sie gierig sind", fuhr er fort.

„Dann muss das hier der Grund sein. Warum sollte es nicht so sein? Ich hatte wenig zu meinem Namen. Eine Million Dollar kann ein Leben verändern."

Er neigte seinen Kopf zur Seite, als ob er ungläubig wäre. „Das kann es. Aber nicht deins." Er sah sie mit einem Ausdruck an, der ihr den Atem raubte. „Ich erinnere mich an diese Abaya von vor einem Jahr, als ich sie für dich gekauft habe. Du warst schon immer hoffnungslos mit Kleidung, unaufmerksam ihnen gegenüber. Es war eines der ersten Dinge, die mir an dir auffielen – dein Desinteresse an äußerem Schein. Und ich habe die Kleidung gesehen, die du darunter trägst. Britische Modeketten, wenn ich mich nicht irre."

Sie bäumte sich vor Ärger auf. Er war schon immer so ein Snob gewesen. „Und woher willst du das wissen? Gehst du oft selbst dort einkaufen?"

Er gab sich nicht die Mühe zu antworten. „Also kann ich nur schlussfolgern, dass du das Geld nicht für Designer-Mode wolltest."

Die Hitze der getretenen Erde vor dem bernsteinfarbenen Stein des Wüstenpalastes rollte in Wellen über sie hinweg. Der Geruch der Wüste brannte in ihren Lungen. Sie wollte raus aus der Sonne, in den Schatten, in die Gärten, die im Inneren lagen. Aber sie wagte es nicht.

„Natürlich nicht."

„Was dann?"

„Es gibt... es gibt jede Menge andere Dinge auf der Welt zu kaufen außer Kleidung."

„Nenn sie mir. Denn ich weiß mit Sicherheit, dass du in einem einzigen Zimmer an einem College der Universität Oxford lebst, seit du Gharb Havilah verlassen hast. Und das kam mit dem Job. Eine Einzimmerwohnung, glaube ich?"

„Es ist praktisch."

„Glaub mir. Ein Luxus-Penthouse mit Dienstmädchen ist weitaus praktischer."

„Dienstmädchen", spottete sie. „Was sollte ich mit Dienstmädchen anfangen?"

„In der Tat. Du warst immer unwohl, wenn sie in der Nähe waren." Sein Gesicht wurde etwas weicher. „Ich erinnere mich, dass du ihnen immer freie Tage gegeben hast."

Sie konnte nicht anders, als sich von der Erinnerung verführen zu lassen. „Und ich erinnere mich, dass du genervt warst, weil sie Arbeit zu erledigen hatten."

Er hielt inne. „Nur für eine Weile. Du hast mich sie bald vergessen lassen."

Die Luft wurde dick vor Erinnerungen, während das

Sonnenlicht um sie herum schimmerte. Schweiß perlte auf ihrer Stirn. Er runzelte die Stirn.

Ihre Brust verengte sich, als ihr Atem schneller ging. Er schien ihr jetzt näher zu sein. Er umfasste ihre Wange mit seiner Handfläche. Sie fühlte sich rau auf ihrer Haut an, prickelte und erregte sie, als er kurz ihre Wange streichelte. Sie versuchte, den Kopf zu schütteln, aber er brachte die andere Hand zu ihrer anderen Wange, und sie war gefangen. Und dann wollte sie nicht mehr entkommen. Die Welt war verstummt, als würde sie auf seinen nächsten Zug warten. Wie die Welt waren ihre Sinne geschärft und nur auf ihn fixiert. Er schüttelte den Kopf, und für einen schrecklichen Moment dachte sie, er könnte sich entfernen. Stattdessen kam er ihr näher. Ihre Welt verdunkelte sich zu den reichen, einladenden Tiefen seiner Augen, als seine Lippen die ihren berührten. Es war kaum ein Kuss, nur eine sanfte Berührung, und doch hatte er die verheerendste Wirkung. Ihr Körper reagierte wie durch eine elastische Erinnerung und wusste auf einer tiefen Ebene, dass dies ihr Mann war. Und dann, so schnell wie es passiert war, ließ er seine Hände an seinen Seiten fallen, als die Kavalkade der Sicherheitsautos in den Hof fuhr.

„Komm, wir können das drinnen im Schloss fortsetzen."

Während sein Personal sich in ihre Quartiere begab, folgte sie ihm durch die Türen in die riesige Haupthalle, die der Hauptempfangsraum des Schlosses war. Sie setzte sich auf den nächsten Stuhl, und er schloss die Türen hinter ihnen. Es waren nur sie beide in dem alten Raum - voller Schatten und Erinnerungen.

Was hatte sie gerade getan? Sie hatte ihm gezeigt, dass

sie ihm gehörte. Sie fuhr sich mit den Fingern durchs Haar, strich es sich aus dem Gesicht und konzentrierte sich darauf, beruhigende Atemzüge zu nehmen, um ihren tobenden Körper zu besänftigen. Hitze und Feuchtigkeit pulsierten in ihr und wollten ihn dort, wo er ihr einst so viel Lust bereitet hatte. Sie hob die Handfläche an ihre Wange, wo sie seine Berührung noch immer spürte, und konnte nicht glauben, dass ihre Reaktionen so vorhersehbar waren.

Er drehte sich um. „Ich entschuldige mich. Ich habe dich nicht hierher gebracht, um dich zu küssen."

Sie schüttelte den Kopf. „Warum hast du mich dann hierher gebracht?" Zu ihrem Ärger war ihre Stimme heiser vor Verlangen und verriet ihr Bedürfnis.

Er sog einen langen Atemzug ein, als wolle er der Wirkung ihrer Stimme auf ihn entgegenwirken. „Weil ich es von dir hören will."

„Was hören?" Wovon redete er? Hören, dass sie immer noch von ihm angezogen war? Dass ihr Körper immer noch nach der Melodie tanzte, die er spielte? Das musste doch sicherlich offensichtlich gewesen sein.

Er umklammerte die Rückenlehne des Stuhls. „Ich will von dir hören, warum du die Bestechung meines Vaters angenommen hast. Wenn es nicht für das war, was das Geld für deinen Lebensstil tun konnte, warum hast du es dann genommen?"

Sie hatte fast vergessen, worüber sie gesprochen hatten. Alle Gedanken waren durch seine verheerende Berührung weggefegt worden. „Weil ich... Weil es meine Sache ist. Nicht deine."

Ihre Antwort fegte die letzten Überreste ihres Kusses weg, und er neigte seinen Kopf zurück, seine Augen verengt, als sie eine andere Art von Hitze auf sie schossen. „Wirklich, Gabrielle? *Nicht* meine Sache? Ist das das Beste, was dir einfällt? Ich nehme an, ja, denn alles andere und du müsstest die Wahrheit offenbaren."

„Du scheinst so viel zu wissen. Vielleicht solltest *du mir* sagen, warum ich das Geld genommen habe."

Er nickte, und sie bereute sofort ihre Worte. „Weil du wolltest, dass ich glaube, du könntest bestochen werden, mich zu verlassen. So wusstest du, dass ich dir nicht nachkommen würde."

Sie schloss kurz die Augen unter dem Ansturm der nackten Wahrheit. Sie hätte es nicht tun sollen, denn als sie die Augen öffnete, sah sie ein Licht in seinen Augen aufblitzen, als er erkannte, dass seine Behauptung richtig war.

„Wer ist jetzt zu komplex?", fragte sie und versuchte zurückzurudern, versuchte, ein Element der Kontrolle wiederzuerlangen, das er ihr zu rauben beabsichtigte. „Geld ist Geld. Jeder braucht es zum Überleben."

„Aber nicht du, Gabrielle. Du überlebst in diesem wunderschönen Kopf von dir. Deine materiellen Bedürfnisse sind minimal."

Sie biss sich auf die Lippe. „Menschen ändern sich."

„Du nicht. Ich kann es in deinen Augen sehen."

„Ich könnte ein Herrenhaus auf dem englischen Land haben, soweit du weißt."

„Könntest du. Aber du hast keins."

„Lass mich raten, du hast nachgeforscht."

„Natürlich."

„Warum würdest du dich damit abmühen, jemanden so Illoyales, so leicht Bestechliches zu untersuchen?"

„Weil ich es nicht geglaubt habe, als mein Vater es mir

damals erzählte, und ich glaube es jetzt erst recht nicht. Du wolltest, dass ich dich hasse, du wolltest, dass ich dir nicht folge, weil du wusstest, dass ich es tun würde."

„Du kannst denken, was du willst."

„Das tue ich."

„Obwohl ich nicht verstehen kann, warum du dir einbildest, ich würde eine Bestechung annehmen und dann das Geld nicht ausgeben."

„Oh, ich denke nicht, dass du es nicht ausgegeben hast." Elektrizität knisterte in der Luft zwischen ihnen. „Ich *weiß*, dass du es hast."

Das konnte er nicht. Er mochte aus irgendeinem Grund raten, aber er konnte es nicht wissen. Sie hatte alles getan, um ihre Spuren zu verwischen. Wenn es eine Sache gab, über die sie Bescheid wusste, dann waren es Objekte und Eigentum.

Sie schüttelte den Kopf. „Warum solltest du so etwas denken?"

„Es ist illegal für einen ausländischen Staatsbürger, ein Objekt von kulturellem Interesse in Gharb Havilah zu kaufen. Aber das weißt du natürlich."

Sie weigerte sich, sich auf das Gespräch einzulassen. „Was hat das mit mir zu tun?"

„Du hast den Koran in einem privaten Geschäft gekauft. Eine Woche später wurde das Objekt nach Gharb Havilah gebracht und dem Museum präsentiert."

Sie zuckte mit den Schultern. „Dann schlage ich vor, du verfolgst das mit demjenigen, der es hierher gebracht hat."

„Du weißt genau, dass ein Kurierdienst es geliefert hat. Ein Unternehmen, das keine Kenntnis davon hatte, wer es geschickt hatte."

„Nun, ich verstehe nicht, warum du glaubst, dass ich damit in Verbindung stehe."

„*Sie* hatten keine Ahnung, aber *ich* machte es zu meiner Aufgabe, es herauszufinden."

Sie hatte genug. Sie wusste, er würde nicht aufhören, bis er bekommen hatte, was er wollte – ihr Schuldeingeständnis. Er hatte irgendwie die Wahrheit herausgefunden und war entschlossen, dass sie es zugeben sollte. Sie schluckte. „Wie hast du es herausgefunden?"

Die Intensität war aus seinen Gesichtszügen gewichen, als er sich zurücklehnte, jetzt, da er bekommen hatte, was er wollte. „Ich habe es nicht herausgefunden, Gabrielle. Es war nur eine Vermutung. Zugegeben, es war eine fundierte Vermutung. Deshalb wollte ich dich hier haben – um selbst die Wahrheit herauszufinden. Ich musste es mit Sicherheit wissen."

„Du hast mich reingelegt."

„Ich habe getan, was ich tun musste, um die Wahrheit herauszufinden. Und ich glaube, dass du es warst, die versucht hat, mich reinzulegen. Du hast das Geld von meinem Vater genommen, weil du ihm geglaubt hast, als er dir gesagt hat, dass du nicht gut für mich und die Zukunft meines Landes bist. Ist das nicht wahr?"

Sie presste ihre Lippen zusammen. Er hatte bekommen, was er wollte, und er würde nicht mehr bekommen.

„Und du hast es erst benutzt, als du entdeckt hast, dass das Stück zum Verkauf stand. Du hast es gekauft und anonym dem Land gespendet. Nicht wahr?"

Seine Worte füllten den höhlenartigen Raum und schienen anklagend in der Luft zu hängen. Es schien, als würde er nicht nachgeben, bis sie ihm eine Antwort gegeben hatte. „Ja."

Er veränderte sich sichtbar vor ihren Augen. Es war, als ob eine Last von jedem Muskel und jeder Sehne seines Körpers genommen worden wäre. Erst da wurde ihr klar, wie viel ihm das bedeutete. Aber es änderte nichts. Sie würde einfach einen anderen Weg finden müssen, um ihm zu zeigen, dass sie keine gemeinsame Zukunft hatten.

Er nickte, hörte auf, auf und ab zu gehen, und setzte sich ihr gegenüber auf einen Stuhl. „Das bringt uns zu einem weiteren Rätsel. Warum würdest du ein kleines Vermögen für eine Erbensammlung ausgeben, die einem fremden Land gehört?"

„Warum? Weil es wichtig ist."

„Für uns vielleicht. Aber für dich? Du bist doch keine von uns, oder?"

Es war, als hätte man sie geschlagen. Er hatte Recht. Sie war keine von seinem Volk, sie war nicht aus diesem Land, aber sie fühlte sich wie eine von ihnen. Er lehnte sich leidenschaftlich vor. Sie waren einander nahe.

„Ich frage dich noch einmal, Gabrielle, warum hast du das Geld meines Vaters genommen und für diesen Gegenstand ausgegeben, wenn du nicht eine von uns bist? Wenn du dich einfach nur des Geldes entledigen wolltest, hättest du es an zahlreiche Wohltätigkeitsorganisationen spenden können, aber das hast du nicht getan. Du hast es für einen Gegenstand von nationaler Bedeutung für das Land ausgegeben."

Sie öffnete den Mund, um zu sprechen, aber es kamen keine Worte heraus. Er verlangte zu viel von ihr; er stellte ihr Fragen, die sie sich selbst nie zu stellen gewagt hatte.

„Du hast Recht. Es war dumm von mir."

Er lehnte sich geschlagen zurück. „Du bist nicht dumm."

„Was bin ich dann?"

„Fehlgeleitet. Unwissend über die Tatsache, dass du zu diesem Land gehörst, genauso wie jeder andere. Du bist eine von uns, ob du es magst, glaubst oder nicht." Er seufzte und blickte für einige Momente auf den Boden, und als er wieder zu ihr aufschaute, hatten seine Augen ihre autokratische Ausstrahlung verloren. Es war, als wäre eine Schale geknackt worden und offenbarte ihre innere flüssige Wärme.

Sie schüttelte den Kopf. „Du von allen Menschen solltest wissen, dass ich nicht eine von euch bin."

„Sag mir nicht, was ich weiß oder nicht weiß." Er lehnte sich zurück, seine Augen verließen ihre nie. „Du bist eine von uns. Was mich verwirrt, ist, warum du dich weigerst, es zu sehen."

Sie zuckte spöttisch mit den Schultern. „Vielleicht weil mein Vater Engländer war, meine Mutter und mein Großvater Franzosen. Ich denke, das erklärt wahrscheinlich, warum ich nicht zu deinem Volk gehöre."

Er stand auf und kam näher zu ihr. „Du weißt, dass es nichts mit Genetik zu tun hat." Er nahm ihre Hand und schlug sie gegen ihr Herz. „Hier liegt deine Identität, hier, in deinem Herzen, das bestimmt deine Nationalität, dein Volk, wo du hingehörst, dein Zuhause. Und ich werde nicht aufhören, bis *du* das auch weißt."

Sie riss ihre Hand weg und stolperte zurück. „Warum folterst du mich? Warum tust du das? Versuchst du, mich dafür zu bestrafen, dass ich dich abgewiesen habe, he?" Sie trat weiter zurück.

Er verengte seine Augen und schüttelte den Kopf. „Was bringt dich dazu, vor dem Glück wegzulaufen, *habibti*? Aber warum frage ich, wenn ich bezweifle, dass du es weißt."

„Spiel keine Spielchen mit mir, Zavian!", warnte sie und ging schnell zur Tür.

„Ich werde alles tun, was nötig ist, um dich sehen zu lassen."

Sie hielt inne, die Hand auf dem Türgriff. „Was, wenn ich nicht sehen will?"

„Du hast Angst. Das hatte ich nicht erwartet."

Sie schüttelte den Kopf und öffnete die Tür. „Du kannst deine Spielchen spielen, wenn du willst, Zavian. Aber das Endergebnis wird das gleiche sein. Du musst jemanden heiraten, den deine Landsleute akzeptieren. Ohne das wirst du kein Land haben."

Sie schlüpfte durch die Tür, ohne auf eine Antwort zu warten. Sie wusste, wohin ihre Taschen gebracht worden waren, und rannte schnell die Hintertreppe zum Gästeflügel hinauf, wobei sie erst anhielt, als sie sicher war, dass ihr niemand folgte.

Sie öffnete die Fenster weit und atmete die warme, duftende Luft ein. Hoch über ihr schrie ein Falke. Sie blickte auf und sah, wie der Vogel wieder schrie, als er vorbeiflog. Das Licht war grell, die Landschaft überwältigend, und sie fühlte sich auf einer lebenswichtigen Ebene mit ihr verbunden.

Sie erinnerte sich lebhaft daran, wie Zavians Vater ihr das Geld angeboten hatte, um zu gehen, eine Chance, vor der Verpflichtung wegzulaufen, und sie hatte es angenommen. Zunächst hatte sie geglaubt, dass sie es für ihn und das Land tat. Erst später wurde ihr klar, dass da noch etwas anderes war – etwas tief in ihr Verwurzeltes, ein verängstigtes Kind in ihrem Innersten, das Angst davor hatte, sich auf einen Menschen einzulassen, der nie von Liebe gesprochen hatte. Von klein auf hatte ihr Großvater ihr eingeschärft, dass Liebe das Einzige sei, dem man in dieser Welt vertrauen könne. Alles andere sei vergänglich – in einem Moment da und im nächsten zu Staub zerfallen. Nur die Liebe bleibe bestehen, und es gebe keinen Ersatz, keine zweite Wahl. Für ihn hatte es das nicht gegeben – er hatte ihre Großmutter bis zu ihrem vorzeitigen Tod geliebt – und für sie würde es das auch nicht geben.

Ein Schauer lief durch sie, aber er hatte nichts mit der Brise zu tun, die durch das offene Fenster wehte. Zavian hatte Recht. Sie *hatte* Angst. Sie hatte Angst davor, wieder Zavians Magnetismus zu verfallen und dann auf sich allein gestellt zu sein, nachdem er ihrer überdrüssig geworden war – entweder bevor oder nachdem er eine arrangierte Ehe eingegangen war. Und sie war mehr wert – das hatte ihr Großvater ihr gezeigt.

KAPITEL 5

Zavian kannte jetzt ihr Geheimnis, dachte Gabrielle, als sie die Treppe hinunterging, um am Frühstück teilzunehmen, zu dem sie gerufen worden war. Es gab nichts anderes, was er tun konnte, als ihre Gründe zu akzeptieren. In ihrem Kopf klang das einfach, aber als Zavian aufstand, um sie zu begrüßen, wieder einmal allein, wusste sie, dass es alles andere als einfach sein würde.

„Du hast gut geschlafen, nehme ich an?"

Sie nickte vorsichtig. „Ja, danke."

Er deutete an, dass sie den Platz ihm gegenüber einnehmen sollte. „Warum siehst du dann so müde aus?"

Sie warf ihm einen genervten Blick zu. „Nicht mehr als du."

Ihre Antwort schien ihn nicht zu beunruhigen. Er schien sein Königtum in dem Moment abgelegt zu haben, als er das Wüstenschloss betreten hatte. „Mir ging einiges durch den Kopf, wie dir sicher auch." Er winkte die Bediensteten nach vorne, um das Frühstück zu servieren.

Während der Oberkellner ein paar Worte mit Zavian wechselte, sah Gabrielle sich um. Nichts hatte sich verändert, seit sie das letzte Mal hier gewesen war. Damals waren nur sie und Zavian hier gewesen, und das war auch gut so, denn keiner von ihnen hatte einen Gedanken an einen anderen verschwendet.

Sie nahm einen Schluck Kaffee und schloss die Augen, als das kräftige, duftende Gebräu sie in jene Zeit zurückversetzte, ein paar Monate nachdem sie von ihrem Studium in Oxford zurückgekehrt war, als sie und Zavian zum ersten Mal miteinander geschlafen hatten. Es war hier gewesen, in diesem Schloss, in dem Zimmer, in dem sie jetzt untergebracht war. Sie hatte in jener Nacht ihre Unschuld an ihn verloren, ebenso wie ihr Herz. Sie errötete bei der Erinnerung daran, wie vollständig und bedingungslos sie sich hingegeben hatte und wie ihre Hingabe mit Zavians großzügiger Liebeskunst belohnt worden war. Das war der eigentliche Grund, warum sie nicht geschlafen hatte. Als sie ihre Augen wieder öffnete, starrte Zavian sie mit einem leicht zu deutenden Ausdruck an. Es war der Grund, warum auch er nicht geschlafen hatte.

Ihre Röte vertiefte sich, als sein Blick über ihr Gesicht glitt. Er nahm die zarten Schatten wahr, die sich in den Nächten gebildet hatten, seit man ihr gesagt hatte, dass sie keine andere Wahl hatte, als sich diesem Moment zu stellen, bis hin zu ihren Lippen, die sie instinktiv befeuchtete. Erst dann sah er weg.

„Ich sehe, du isst nichts", sagte er. „Das solltest du aber." Er beugte sich vor, seine Augen glühend. „Wir brechen heute Morgen auf."

Sie stellte ihre Kaffeetasse ab. „War es das also? Wir

kommen hierher, damit mir die Wahrheit entlockt wird, und jetzt, wo du weißt, was passiert ist, kehren wir in die Hauptstadt zurück, ich erfülle meinen Vertrag und gehe nach Hause."

„Du scheinst eine völlig falsche Vorstellung davon zu haben, was als Nächstes passieren wird."

Sie runzelte die Stirn. „Welches andere Ergebnis gibt es denn?"

„Was du anscheinend nicht begriffen hast, ist, dass du mir nichts erzählt hast, was ich nicht schon wusste oder zumindest ahnte." Er lehnte sich in seinem Stuhl zurück und nahm einen langen Schluck Kaffee. „*Das* ist nicht der Grund, warum wir hier sind."

„Warum dann der ganze Aufwand, deine Arbeit zu verlassen, um mich hierher zu bringen?"

„Es war der erste Schritt. Ich musste dich wissen lassen, dass ich es wusste."

„Sicher gab es viel einfachere Wege, mir das zu sagen."

„Das Sagen war nicht das Ziel."

Sie schüttelte verwirrt den Kopf. „Du sprichst in Rätseln."

Er beugte sich vor, und ihre Sinne wurden von ihm erfüllt. „Es geht nicht darum, dass ich dir etwas sage. Es geht darum, dass du verstehen musst."

„Ich glaube, du unterschätzt meine Auffassungsgabe. Ich kenne dich, Zavian. Ich weiß, wie du denkst, was du magst, was du willst."

Seine Lippen verzogen sich zu einem ungläubigen Hauch eines Lächelns. „Und was glaubst du, will ich jetzt?"

„Du hasst es, dass ich dich verlassen habe, und du

willst unsere Beziehung vor deiner bevorstehenden Hochzeit – die überall in den Nachrichten ist – wieder aufleben lassen und mich dann fallen lassen, wenn du genug hast, und mich dabei demütigen."

Er schüttelte den Kopf, nun ohne eine Spur eines Lächelns. „Trotz all deiner Bildung und Intelligenz hast du keine Ahnung, wie der Verstand eines Mannes funktioniert."

„Dann kläre mich auf. Denn ich brenne darauf, es zu erfahren."

„Wir sind nur hier, um deine Bildung zu erweitern, um dich zum Verstehen zu bringen, nicht mich, nicht die Wüste oder das Land, sondern dich selbst. Um es klar zu sagen, und anscheinend muss ich das, ich habe dich hierher gebracht, damit du die Wahrheit über dich selbst verstehst."

Seine Erklärung war nicht einmal annähernd an die Dinge herangekommen, die sie erwartet hatte, dass er sagen würde.

„Mich selbst? Du willst, dass ich mich selbst kenne? Ist das nicht ein bisschen arrogant? Sich vorzustellen, ich würde mich selbst nicht kennen? Oder, wie ich vermute, weil meine Gedanken nicht mit deinen übereinstimmen, beabsichtigst du, meine zu ändern, unter dem Deckmantel der ‚Bildung'." Sie lehnte sich zurück und stieß ein humorloses Lachen aus. „So eine autokratische Arroganz."

Er stand auf. „Möglicherweise, aber das heißt nicht, dass es nicht wahr ist." Er warf seine Serviette hin. „Mach weiter, beende dein Frühstück, denn du wirst alle Energie brauchen, die du finden kannst."

„Was jetzt? Hast du einen Hindernisparcours für mich

vorbereitet, um mir bei der Sortierung meiner verworrenen Gedanken zu helfen?"

„So etwas in der Art. Die Pferde werden gerade fertig gemacht, und wir werden in einer Stunde aufbrechen."

Gabrielle hatte nicht gewollt, dass ihr der Ausritt so viel Spaß machen würde. Am Anfang war es leichter gewesen, als sie ihre Wut über die unverschämte Arroganz des Mannes noch im Griff hatte und ihre Gefühle kontrollieren konnte. Doch mit jedem Galopp ihres Pferdes - einer sensiblen Araberstute, die auf jede ihrer Bewegungen reagierte - ließ sie sich von dem Ritt und der Landschaft mitreißen. Wäre da nicht der Aufprall der Hufe, der durch ihren Körper vibrierte, und die beißende Hitze der Wüste, die ihre Lungen füllte, sie hätte geglaubt zu träumen. In den letzten zwölf Monaten war sie jede Nacht mit Bildern des Landes, das sie so sehr liebte, eingeschlafen und hatte gehofft, sie würden in ihren Träumen lebendig werden. Aber es war kein Traum. Ein Ruf von Zavian bewies es.

„Wir reiten voraus. Komm." Er gab seinem Pferd die Zügel frei, und sie galoppierten los. Ihre Stute konnte sich kaum zurückhalten und preschte ebenfalls los. Bald flog sie zur Seite, aus der Staubwolke heraus, die Zavians Pferd aufwirbelte.

Gabrielle fühlte sich plötzlich frei von der Traurigkeit, die ihre Schritte verfolgt hatte, seit sie vor einem Jahr diese schicksalhafte Entscheidung getroffen hatte, Zavian zu verlassen. Frei von der Kontrolle, die sie auf ihre Arbeit in Oxford fokussiert gehalten hatte, und frei von Zavians Kontrolle im Palast.

Begeisterung – rein und glühend heiß – durchströmte ihre Adern, als sie über die Wüste zu einem felsigen

Vorsprung in den Ausläufern der Berge galoppierten – ein Ort, den sie beide gut kannten.

Schließlich verlangsamten sie ihr Tempo, bahnten sich ihren Weg hinauf und über den Felsvorsprung und stiegen hinab in die Oase, wo die Römer einst die heißen Thermalquellen genossen hatten.

Zavian sprang von seinem Pferd und ging zu Gabrielle hinüber, und sie sprang in seine Arme. Sie trat abrupt zurück und sah sich auf der Lichtung um. Es war genau so, wie sie es in Erinnerung hatte.

„Es ist genauso geblieben", sagte sie überrascht und band ihr Pferd an einem Busch fest. „Ich dachte, es gab Pläne, es zu kommerzialisieren."

„Nicht meine Pläne. Die meines Vaters. Ich habe es verhindert."

Das ließ sie ihn ansehen. „Aber es hätte –"

„Einkommen gebracht und eine großartige Touristenattraktion sein können? Ja, ich weiß. Aber manche Dinge sind heilig und leicht zu beschädigen. Genau die Dinge, die die Leute hier hätten sehen wollen, wären zerstört worden."

Sie ging zum Wasser, das unter den überhängenden Palmen smaragdgrün schimmerte. In einer Ecke hoben und senkten sich die fächerartigen Blätter im Strom der warmen Luft, die dort aufstieg, wo die heißen Quellen, angetrieben von der geothermischen Aktivität tief unter der Erde, hervorsprudelten.

Sie spürte, wie Zavian hinter ihr stand.

„Erinnerst du dich?", fragte er leise.

Natürlich tat sie das. Wie könnte sie nicht? Sie nickte. Ohne es zu wollen, wanderte ihr Blick dorthin, wo einst die Zelte ihres Großvaters gestanden hatten, als sie an der

Stelle gegraben hatten, wo er Jahrzehnte zuvor den Koran gefunden hatte. Jetzt war dort natürlich nichts mehr. Aber sie fand, wonach sie suchte, den dunklen Eingang zur Höhle.

Zavian wollte gerade etwas sagen, als das Geräusch sich nähernder Fahrzeuge die angespannte Stille durchbrach, und er ging seufzend zu seinen Mitarbeitern. Bald folgten sie den Anweisungen und schlugen Zelte für sich selbst in einiger Entfernung und das Hauptzelt an einer gut sichtbaren Stelle vor der Höhlenwand auf, mit Blick auf den Pool. Gabrielle wusste aus Erfahrung, dass das Zelt mit der Höhle verbunden sein und eine Erweiterung derselben bilden würde. Schließlich hatte sie dort geschlafen - früher, als sie und ihr Großvater an der Ausgrabungsstätte arbeiteten, und später. Als niemand außer ihr und Zavian dort gewesen war und sie sich körperlich und emotional in ihn verliebt hatte.

Sie räusperte sich und versuchte verzweifelt, nicht an diese Zeiten zu denken. Sie waren vorbei. Was auch immer Zavian zu erreichen versuchte, er würde scheitern, weil sie wusste, dass sie das Richtige tat. Sie konnten keine Zukunft haben, weil sein Land keine Zukunft hätte, wenn sie zusammen wären. Es war so einfach – und so kompliziert – wie das.

Bald war die Formalität des Palastes durch die traditionellen Bräuche der Beduinen ersetzt worden. Das Essen wurde zubereitet und das Lager für die Nacht vorbereitet. Sie lächelte, als sie Zavians Leute beobachtete, die, befreit von der förmlichen Kleidung und dem förmlichen Verhalten des Palastes, mit gekreuzten Beinen saßen, während sie das Essen zubereiteten und einem Mann zuhörten, der sprach.

Auch sie setzte sich und hörte dem Mann zu, der eine Geschichte von einer Reise durch die Wüste erzählte. Die Geschichte betonte die Bedeutung von Familie, Brüderlichkeit und Zugehörigkeit zu ihrem Volk. Ehe sie sich versah, hatte Zavian sich neben sie gesetzt und hörte mit ihr zusammen der Geschichte des Mannes zu.

Nachdem die Geschichte geendet hatte und die Männer sich entspannten, um zu trinken und zu reden, lehnte sich Zavian gegen die raue Rinde der Palme zurück. „Diese Geschichten sind alt. Sie sollten aktualisiert werden. Das Leben ist nicht mehr so."

„Aber das ist es. Für diese Menschen jedenfalls. Und sie sind die Menschen, auf die es ankommt."

Er sah sie nachdenklich an. „Ich habe eine Bitte, Gabrielle."

Sie schluckte. „Und die wäre?"

„Bitte, zeig mir, was du dich geweigert hast, mir beim letzten Mal zu zeigen, als wir hier waren."

„Ich habe Großvater versprochen, es niemandem zu zeigen."

„Ich weiß. Aber der Ort ist jetzt gut geschützt. Niemand kann diesen Ort plündern. Er ist auf eine Weise gesichert, wie er es nie zuvor war."

Sie biss sich auf die Lippe. Einerseits fühlte sie sich schrecklich, das Vertrauen ihres Großvaters zu verraten. Aber andererseits war sie die Letzte, die das Wissen besaß.

Sie nickte und blickte zur Höhle. „Es ist hier entlang."

Er folgte ihr, so dicht, dass sie sich fühlte, als wäre sie in seiner Umlaufbahn, ein Mond zu seiner Erde, Erde zu seiner Sonne, sich seiner und der Anziehungskraft, die er auf sie ausübte, bewusst.

Sie hielt vor dem Höhleneingang an, der jetzt halb vom angrenzenden Zelt verdeckt war. Aber anstatt hineinzugehen, ging sie einen schmalen Grat dahinter entlang. Zavian folgte ihr.

Seit ihrem letzten Besuch war das Unterholz üppig gewachsen. Sie, ihr Großvater und einige treue Bedienstete hatten dafür gesorgt, dass der Weg zur Fundstelle nicht zu sehen war und dass das Gestrüpp innerhalb weniger Monate nachwachsen und die wertvolle Stätte verdecken würde. Und so war es auch gekommen. Jetzt, Jahre später, war es unmöglich, sich vorzustellen, dass der schmale Vorsprung irgendwo hinführte. Sicherlich hatte Zavian, wenn man sich sein ungläubiges Stirnrunzeln ansah, keine Ahnung von dem, was er gleich sehen würde.

Sie mussten auf Händen und Knien kriechen, um das letzte Stück zurückzulegen. Als sie auftauchte, waren ihre nackten Arme von dem dornigen Gebüsch zerkratzt, aber sie spürte nichts, als sie von dem Vorsprung auf die mit Sand und Staub bedeckte Kachelfläche sprang. Es war sofort offensichtlich an den fehlenden Fußabdrücken, dass seit Jahren niemand hier gewesen war. Es war ein Geheimnis geblieben.

Zavian tauchte aus dem Gebüsch auf, ebenso zerkratzt und ebenso unbekümmert, und trat neben ihr in den Raum. „Was zum Teufel?"

Sie grinste. „Das ist keine sehr königliche Ausdrucksweise."

Er schritt in die Mitte des gefliesten Bereichs und drehte sich um 360 Grad, um die hochragenden Bäume, die Felswand auf einer Seite und den steilen Abgrund zu den weit unten liegenden Ebenen auf der anderen Seite in sich aufzunehmen. Antike heiße Quellen waren in die

Felswand gemeißelt, zu denen Stufen hinaufführten. Die Überreste von Säulen säumten den Platz, fast vollständig von rankenden Pflanzen umhüllt, die im thermischen Dampf üppig gediehen. Felswände, die den Ort vor der Welt verbargen, trugen Spuren von Malereien, Gruppen um einen Pool, Männer und Frauen in verschiedenen Stadien der Entkleidung. Es war ein geheimer Zufluchtsort vor der Wüste gewesen, ein Ort des Überflusses. Obstbäume, Nachkommen längst gepflanzter Früchte, klammerten sich noch immer an die Felsen, tief unter der Oberfläche von unterirdischem Wasser gespeist. Ihre Ranken waren dick und uralt, zur Unterstützung in den Fels gewachsen, ihre Früchte hingen saftig und prall violett herab und lockten sowohl Tiere als auch Vögel an.

„Es ist der Ort, von dem die Alten zu sprechen pflegten", sagte Zavian. Er drehte sich zu ihr um, sein Gesichtsausdruck ernst. „Nicht wahr, Gabrielle? Das Havilah von einst, als die drei Königreiche noch eins waren."

Sie nickte. „Das ist es. Großvater hat es entdeckt, aber alle, die mit ihm kamen, zur Geheimhaltung verpflichtet. Er hatte vor, zurückzukehren, um die Ausgrabungen zu beenden. Aber es kam nie dazu, und-"

„Und diejenigen, die bei ihm waren, kamen bei demselben Unfall ums Leben", fuhr Zavian fort.

„Ja."

„Sodass nur du übrig bliebst." Endlich wandte er sich ihr zu, und sein Blick ruhte auf ihr. „Hättest du jemals seine Existenz preisgegeben, wenn ich nicht darauf bestanden hätte?"

„Ehrlich gesagt? Nein. Ich dachte, es wäre besser, wenn es geheim bliebe. Als Teil der Geschichte. Ich konnte den Gedanken nicht ertragen, dass es durch Plünderungen zerstört würde."

„Aber das hätte trotzdem passieren können. Wenn ich davon gewusst hätte, hätte ich es sichern können."

Sie pflückte eine Frucht, wischte sie ab und biss hinein, der Saft rann ihr übers Kinn. „Vielleicht, vielleicht auch nicht. Ich beschloss, es in Ruhe zu lassen und ihm seine Chancen ohne mich zu geben."

„Und hast du keine Angst vor dem, was ich tun könnte?"

Sie schüttelte den Kopf. Sie hätte es sein sollen, aber sie war es nicht mehr. Sie wusste nicht warum. „Nein, es ist an der Zeit, und es ist nur richtig so."

Er streckte seine Hand aus, und sie ergriff sie. Wieder fühlte es sich richtig an.

„Also war das der Ort, an den meine Vorfahren kamen, um sinnlichen Genüssen zu frönen. Die Gerüchte und Legenden stimmten. Es *ist* ein passender Ort. Kein Wunder, dass er einen solchen Ruf erlangt hat."

Die Luft, erfüllt von Überfluss und Sinnlichkeit, schien in ihre Poren einzudringen. „Ja, ein seltsamer Ort, um den Khasham Koran zu finden."

„Also, wirst du es mir zeigen?"

„Den Ort, an dem mein Großvater den Koran gefunden hat?"

Seine Augen nickten.

„Natürlich. Hier entlang."

Sie führte ihn durch einen schmalen Spalt, vorbei an einem weiteren von Palmen gesäumten Becken, hinaus in einen Teil der Wüste, weit entfernt von den Pfaden der Nomaden, wo es nichts gab, zumindest für die meisten Augen. Aber Gabrielle kannte jede einzelne Kontur dieses

Landes. Sie konnte es im Schlaf durchwandern und hatte es oft getan.

Die Sonne begann unterzugehen, als sie den Ort der ursprünglichen Ausgrabung erreichten, der nun von einem Jahrzehnt Sand bedeckt war, der sich verschoben und aufgetürmt und jede Spur der Ausgrabung ausgelöscht hatte.

Gabrielle blieb stehen und blickte auf den felsigen Hang über der geheimen Oase und dann auf eine andere Oase, die in der Ferne schimmerte. Sie ging noch ein paar Schritte weiter und zog ihren Kompass aus der Tasche, um sich zu vergewissern. Sie nickte zufrieden und ließ sich auf die Knie fallen. Sie streichelte den Boden. „Hier."

Sie hob den Sand in ihrer Handfläche auf und ließ ihn durch ihre Finger rieseln, die untergehende Sonne färbte den Sand orange, ein scharfer Kontrast zum dunkelblauen Himmel. Plötzlich fiel ihr auf, dass Zavian sich nicht bewegt hatte.

Er stand wie angewurzelt da und blickte auf sie herab, dann auf den Boden vor ihr und dann auf die Umgebung. Er schüttelte den Kopf. „Ich hätte nie gedacht, dass es hier sein würde." Er zeigte auf die Oase. „Unser Volk zieht durch diese Oase auf dem Weg in die Berge."

„Ohne zu wissen, dass dies je existierte, abgesehen von den Liedern und Gedichten", fügte sie hinzu.

„Die es beschreiben, wie es war, aber nicht, wo es ist."

Er ließ sich neben ihr nieder und kniff die Augen gegen die untergehende Sonne zusammen.

„Also", sagte er. „Welche Geschichte wirst du schreiben, die zum Khasham Koran passt?"

„Ich werde davon schreiben, wie er vor langer Zeit geschaffen wurde, als dieses Land im Herzen der Weltwirtschaft, der Gelehrsamkeit und der Religion stand. Ich werde davon schreiben, wie die Tinten aus Pigmenten gemahlen wurden, die von nah und fern gebracht wurden, wie das Pergament hergestellt wurde und wie wunderbar der Palast und die Gebäude waren, die einst hier standen."

„Wahrlich, das sagenumwobene Land Havilah", murmelte Zavian. „Und was wirst du noch schreiben?"

„Davon, wie der Koran von Hand zu Hand weitergegeben wurde. Wie sowohl seine Schönheit als auch sein Inhalt diese Gemeinschaften verband und ihrer Welt einen Sinn gab."

„Aber das ist nicht genug."

Sie sah ihn scharf an.

„Ich will das Persönliche. Das ist es, was die Menschen berührt."

„Das kann ich nicht tun."

„Versuch es."

Sie schluckte und blickte geradeaus auf die untergehende Sonne, die nun seltsam angeschwollen war, ihre Farben zu unheimlichen Tönen von gebranntem Umbra verblasst. „Als mein Großvater ihn mir zeigte" - sie sah ihn mit einem verlegenen Lächeln an - „sagte ich ihm, meine Tränen kämen von der Sonne. Aber das stimmte nicht."

„Das ist schon besser."

„Ich werde davon schreiben, *wie* er gefunden wurde." Sie musste präzise sein.

„Aber nicht wo."

„Nein, nicht wo."

Sie weigerte sich, ihn anzusehen, weil sie die Wirkung seiner Nähe bereits spürte. „Er hätte es nicht tun sollen.

Es war gegen all seine berufliche Ethik, seine Spuren zu verwischen."

„Er hinterließ stattdessen einen Mythos, anstatt der Fakten."

„Die Fakten hätten diesen Ort zerstört. Ihm seine Seele genommen." Sie konnte nicht widerstehen. Sie sah ihn an. „Das glaubte er jedenfalls."

Seine Augen verengten sich vor Neugier. „Und ist das, was du glaubst? Dass Orte Seelen haben?"

Sie nickte kurz, ihre Augen schweiften zu seinen Lippen, bevor sie zu seinen Augen zurückkehrten, die eine noch intensivere Neugier verrieten. Er hob eine Haarsträhne, die ihr ins Gesicht gefallen war, und strich sie hinter ihr Ohr, streichelte kurz ihre Länge, bevor er seine Hand wieder sinken ließ. „Ich weiß, dass das eine seltsame Vorstellung ist", sagte sie leise.

Er zuckte mit den Schultern. „Viele Menschen auf dieser Welt glauben viele Dinge, und wer bin ich, zu beurteilen, ob sie seltsam sind?"

Sie lächelte. „Du klingst fast bescheiden."

„Du verwechselst Stärke und Zielstrebigkeit mit Arroganz." Er neigte seinen Kopf näher zu ihrem, und sie atmete scharf ein, wodurch sein Duft in ihre Lungen drang. „Verwechsle die Dinge nicht, Gabrielle. Ich bin ein Mann, der weiß, was er will, und ich habe vor, es zu bekommen."

Sie schluckte mit einem plötzlichen Anflug von Angst. „Und wie genau hast du vor, das zu tun?"

Ein Lächeln huschte über seine Lippen, das erste, das sie seit langer Zeit gesehen hatte. „Durch etwas, das du mir einmal gezeigt hast... Subtilität."

Er beugte sich näher, hob ihr Kinn mit seinem Finger

und küsste sie sanft auf die Lippen. Er hatte sich zurückgezogen, bevor sie reagieren konnte. Der Kuss war flüchtig gewesen, aber die Wirkung war alles andere als das. Er erweckte etwas tief in ihrem Inneren zum Leben, etwas, das sie nicht wollte.

Sie sprang auf und trat von ihm weg, drückte den Handrücken gegen ihren Mund, als wolle sie den Kuss wegwischen. Sie schüttelte den Kopf. „Das hättest du nicht tun sollen."

Im Nu war er neben ihr und nahm ihre Hand. „Sag mir nicht, dass du meine Berührung nicht willst, dass du dir nicht vorstellst, wie sich meine Lippen auf deinen anfühlen, denn das glaube ich dir nicht."

„Das mag stimmen, aber es bedeutet nicht, dass ich danach handeln werde."

Sie versuchte, ihre Hand wegzuziehen, aber er küsste sie, drückte sie an sein Gesicht und schloss die Augen. „Gabrielle, ich weiß, warum du dich mir widersetzt. Es ist, weil du dich nicht dazugehörig fühlst, aber das tust du. Du hast davon gesprochen, dass dieses Land eine Seele hat. Niemand, der nicht zu diesem Land gehört, würde so etwas empfinden."

„Ich weiß, was du sagen willst, Zavian, aber es spielt keine Rolle. Was die Leute glauben, das zählt."

„Deshalb sind die Geschichten so wichtig. Wir müssen sie zum Sehen bringen. Aber vorher muss ich *dich* zum Sehen bringen."

„Und wie gedenkst du das zu tun?"

„Indem ich dich wieder *fühlen* lasse."

Er zog sie zu sich, und sie konnte sich nicht wehren. Er streichelte ihre Schultern, hielt sie dicht an sich gedrückt und suchte in ihrem Gesicht nach Anzeichen von Widerstand. Es gab keine. Ihre Kraft, das Unvermeidliche aufzuhalten, war verflogen. Und dann lagen seine Lippen auf ihren, aber der Kuss war kein zartes, flüchtiges Aufeinandertreffen der Lippen. Diesmal war sein Mund hungrig nach Leidenschaft, suchte ihre Zunge, bis sich ihr Magen vor Verlangen überschlug. Er zog sie näher an sich heran, und sie konnte jedes Quäntchen Spannung, jede Muskelkontur und seine wachsende Erregung spüren.

Ihr Blut raste vor Verlangen, ihr Schoß war feucht davon, als sie sich gegen ihn drückte. Sein Herzschlag explodierte unter ihrer Handfläche, die sich irgendwie unter sein Hemd geschoben hatte. Sie wollte ihn, wie sie ihn noch nie zuvor gewollt hatte – mit einer rohen Leidenschaft, die jegliches Denken oder Fühlen umging. Sie brauchte ihn einfach.

Er löste sich als Erster und presste seine Stirn gegen ihre. Ihr Atem kam in abgehackten Stößen, während das Verlangen – heiß und intensiv – sie beide packte.

„Ich könnte dich hier und jetzt nehmen, Gabrielle."

„Dann tu es." Sie streichelte seine Hüften und drängte ihn mit einem weiteren Kuss, der Lust nachzugeben, von der sie wusste, dass er sie spürte.

Aber er zog sich erneut zurück und strich mit seinem Daumen über ihre geschwollene Unterlippe. „Nein, *habibti*." Er wandte den Kopf zur Seite und blickte zum Horizont. „Schau."

Und das tat sie. Aber was sie sah, war nicht das, was sie erwartet hatte. Der Himmel war dunkel, aber nicht auf natürliche Weise, er war verfärbt von der aufsteigenden Sandwolke, die sich in Winden wirbelte, deren volle Stärke sie noch nicht zu spüren bekommen hatten.

„*Khamseen...*", sagte sie.

Er nickte. „Wir müssen jetzt gehen."

Er nahm ihre Hand, und sie rannten zurück in Richtung der Bäume, der Wind kam plötzlich über sie, hob die Palmen auf und ab, als wolle er sie zur Eile antreiben. Der Wind zerrte an ihrer Kleidung, wirbelte ihr Haar um ihr Gesicht, klebte es an ihre Wangen und Augen, bis sie nichts mehr sehen konnte. Sie konnte nur seiner Führung folgen, nur auf den Griff seiner Hand über ihrer reagieren, während sie um ihr Leben rannten.

KAPITEL 6

Der aufkommende Wind heulte durch die Baumäste, als ob ihn der Teufel geweckt hätte. Die riesigen Palmwedel, sonst so majestätisch, hoben und senkten sich mit Gewalt und trafen Gabrielle am Arm, während sie versuchte, sich vor den Schlägen zu schützen.

Zavian ging voraus, schob die Äste und Blätter für sie beiseite und legte seinen anderen Arm um ihre Schultern, als befürchtete er, sie könnte davongeweht werden.

Schließlich kamen sie an und fanden seine Leute in Panik vor, die nach ihnen suchten. Überall herrschte Chaos, während die Zelte schnell abgebaut und verstaut wurden. Zavian und Gabrielle wurden in die Haupthöhle gedrängt, und die Türen wurden hinter ihnen zugeschlagen. Während die anderen in dem Höhlennetzwerk Schutz suchten, stopfte Zavian die Lücken um die uralte Holztür, um zu verhindern, dass Sand durchdrang. Gemeinsam gingen sie den Gang entlang in den Hauptbereich.

Gabrielle war schon in anderen Höhlen gewesen, aber

nie in dieser. Diese war der königlichen Familie vorbehalten. Und als sie sich umsah, wurde ihr klar, dass sie kürzlich für sie vorbereitet worden war.

Sie wandte sich zu Zavian. „Du hast das geplant."

Er ging zu den Fackeln, die an den Wänden hingen, und zündete sie an. Nacheinander erhellte das flackernde Licht das Bett, das die Hälfte des Zimmers einnahm, und die Sitz- und Essecke, die die andere Hälfte ausfüllte. Alles war frisch, alles war einsatzbereit. Es gab frisches Wasser, das vom Hang in den Hahn floss, und Wasser in Flaschen. Auf der einen Seite, in einem Kühlraum, befanden sich Lebensmittel und Wein, genug, um sie, wenn nötig, eine Woche lang sicher zu versorgen. Sie hatten alles, was sie brauchten.

Er blickte zu ihr, während er das letzte Licht anzündete. „Ja, natürlich."

Wut füllte ihre Adern und ersetzte die Lust, die sich erst Minuten zuvor entzündet hatte. „Wie kannst du es wagen? Du spielst mit mir wie mit einem Spielzeug, zwingst mich, hierher zu kommen, um bei dir zu sein, sperrst mich in deinem Palast ein, um sicherzustellen, dass du bekommst, was du willst."

Er antwortete nicht. Stattdessen goss er etwas Wasser ein und tauchte sein Gesicht und seinen Kopf hinein, um sich vom Sand zu befreien. Er warf seinen Kopf zurück, und Wasser spritzte auf den Boden und zu ihr hinüber. Er fuhr mit den Fingern durch sein Haar und trocknete sein Gesicht ab, bevor er sich zu ihr umdrehte.

„Ich würde das Gleiche tun, wenn ich du wäre. Sonst wird der Sand deine Augen reizen."

„Ich brauche keinen Sand! Du reizt mich schon genug!"

„Da bin ich mir sicher", erwiderte er ruhig. „Aber ich würde trotzdem dein Gesicht waschen. Deine Augen sind rot."

„Das liegt daran, dass du mich in den Wahnsinn treibst!", sagte sie, während sie Wasser in die Schüssel goss, um ihre brennenden Augen zu lindern. Sie trocknete ihr Gesicht ab. „Du hast alles geplant. Wie konntest du nur, Zavian?"

Er setzte sich und streckte einen Arm über die Rückenlehne des Sofas aus. „Ich weiß, du hältst mich für allmächtig, aber glaub mir, ich kann den Wüsten-*Khamseen* nicht kontrollieren."

Sie verengte ihre Augen als Antwort. „Nein, aber du musst gewusst haben, dass er vorhergesagt war, und trotzdem hast du dich entschieden, die Reise hierher zu machen."

Er zuckte mit den Schultern. „Das klingt unverantwortlich. Denkst du wirklich, ich würde so etwas tun?"

„Es *ist* unverantwortlich, und ich bin sicher, Naseer wird nicht beeindruckt sein. Dein Land muss immer an erster Stelle stehen."

Das Lächeln auf seinen Lippen verschwand plötzlich. „Glaub mir, das tut es."

Ihre Wut wurde durch den Ernst seines Ausdrucks gebremst, den sie nicht verstand. „Du bist ein Widerspruch", sagte sie. „Ein manipulativer, kontrollierender Widerspruch."

„Ich bin mir nicht sicher, ob es dir erlaubt ist, deinen König zu beleidigen", erwiderte er mild.

Sie grunzte und drehte ihr Haar aus dem Gesicht, indem sie es zu einem Knoten schlang. „Du bist hier, jetzt, bei mir kein König."

Seine Augen verdunkelten sich. Er stand auf, und ihr Herz setzte aus, als er an ihr vorbeiging und eine Flasche Wein öffnete. Er goss zwei Gläser ein und kehrte zu ihr zurück.

„Es gibt auch Essen, wenn du hungrig bist."

Sie schüttelte den Kopf und nahm ein Glas Wein an. „Wein? Das ist doch sicher nicht üblich außerhalb des Palastes, oder?"

„Nicht bei traditionellen Zusammenkünften, aber du weißt, dass unser Land eine Mischung aus West und Ost ist. Wir gehen damit um, indem wir unser Ermessen walten lassen."

„Und ich schätze, es gibt keinen diskreteren Ort als in einer Höhle, während der Wüstenwind den Sand um uns herum aufwirbelt und es uns unmöglich macht, hinauszugehen oder anderen hereinzukommen."

„Genau." Er nahm einen weiteren Schluck und stieß einen langen Seufzer aus, während sein Blick über sie glitt. „Nun, wo waren wir stehengeblieben?"

Sie schüttelte den Kopf. Sie wollte ihn nicht daran erinnern, aber seinem Gesichtsausdruck nach zu urteilen, brauchte er keine Erinnerung.

„Weißt du, ich dachte, es würde sich anders anfühlen, dich zu küssen. Aber das war es nicht. Es war, als wäre die dazwischenliegende Zeit verdampft – verschwunden – und es wäre erst gestern gewesen, dass wir zusammen waren."

Sie *musste* widerstehen. Diese ganze Inszenierung war dazu gedacht, sie zu verführen, aber das wollte sie doch nicht, oder? „Vielleicht, aber das ist irrelevant."

Er lächelte, und ihre Augen glitten zu seinen Lippen,

während unangemessene Gedanken in ihren Kopf schossen.

Eine Stille trat ein, als er nachdenklich wirkte. „Sag mir, Gabrielle. Was willst du?"

Sie verschluckte sich fast an ihrem Schluck Wein. „Du fragst mich, was ich will? Ich dachte, es ginge hier nur darum, was *du* willst."

„Ich wiederhole, was willst du?"

„Ich will... frei sein", sagte sie einfach, die Worte zwischen trockenen Lippen herausgepresst.

„Frei wovon?"

Sie blickte auf und begegnete seinem Blick. „Frei davon, Dinge zu fühlen, die ich nicht fühlen will."

Er beugte sich vor, sein Gesicht noch intensiver als zuvor. „Siehst du, wir wollen beide das Gleiche. Der einzige Unterschied zwischen dir und mir ist, dass ich mich von dieser Besessenheit befreien will, indem ich ihr nachgebe."

Sie schüttelte instinktiv den Kopf. „Nein, das ist nicht der richtige Weg. Nur durch Abstinenz, indem wir uns dessen berauben, was wir hatten, können wir uns erholen."

„Erholen", brummte er. „Du lässt es klingen, als wäre es eine Krankheit."

„Ich denke, das ist es. Es ist sicherlich das Gegenteil von Leichtigkeit."

Er nickte. „Und wie behandelt man eine Krankheit? Mit einer kleinen Menge davon, bis der Körper seine Reaktion mäßigt."

Sie öffnete den Mund, um zu sprechen, war aber unfähig, ihm zu widersprechen. Es war Wissenschaft. Und war es nicht die Wissenschaft, an die sie glaubte?

„Du denkst, ein bisschen mehr Leidenschaft wird das Verlangen lindern?", fragte sie zögernd.

„Ich zähle darauf."

„Es war also für dich genauso?"

„Es wird mit der Zeit schlimmer, mein Verlangen nach dir."

„Und du willst es nicht", wagte sie zu sagen.

„Nein." Es war eine kurze Antwort, aber es war alles, was sie brauchte.

Sie schloss die Augen und nickte. Sie drehte sich weg, da sie das rohe Verlangen in seinen Augen, das ihr eigenes widerspiegelte, nicht mitansehen wollte. Sie sprang auf und rieb sich die Arme. Er folgte ihr.

„Ist dir kalt?"

Sie schüttelte den Kopf, ihrer Stimme nicht vertrauend.

„Was ist dann los?"

Als sie in seine Augen blickte, sah sie den Schock, als er ihre Tränen bemerkte. „Das Problem ist, dass ich will, dass du mich hältst. Das Problem ist, dass ich nie aufgehört habe, das zu wollen, nicht einen Tag, seit ich dich verlassen habe."

Sein Kuss nahm ihr die Notwendigkeit, weiter zu sprechen. Er fühlte sich... wie Glückseligkeit an, erkannte sie, als ihr Geist sich erhob. Ihre Gedanken und Ängste verflüchtigten sich einfach unter der magischen Liebkosung seiner Lippen auf ihren, die ihre Lippen teilten. Als seine Zunge ihre erforschte und die Reaktion in anderen Teilen ihres Körpers verstärkte, atmete sie ihn ein. Er schmeckte nach Wein und Sand; er schmeckte nach allem, wonach sie sich gesehnt hatte, seit sie ihn verlassen hatte.

Sie stöhnte, als seine Hände ihr Gesicht umfassten und

sie festhielten. Während er weiterhin ihren Mund erforschte, war seine intensive Konzentration auf diesen Kuss gerichtet, auf das, was er ihr gab und was er in ihr fand. Sie wusste nicht, was das war, aber sie wusste, dass sie mehr davon wollte. Ihr Herzschlag hämmerte, und sie dachte, dass er ihn hören müsse, dass er die intensive Stille der Höhle erfüllte, während die Geräusche von draußen durch die dicken Wände gedämpft wurden.

Ihre Finger spreizten sich um seine Hüften und wanderten bis zu seinem muskulösen Bauch. Aber mit jedem neuen Gefühl ihrer Finger auf seiner Haut wollte sie mehr. Sie legte den Kopf zurück und öffnete den Mund, damit seine Zunge nachahmen konnte, was sie sonst noch wollte. Ihre Gedanken waren in der Sekunde, in der seine Lippen ihre berührten, vom Kuss zum Sex übergegangen, und es schien, als wüsste er das. Denn er zog sich zurück und hielt ihr Gesicht fest in seinen Händen, seine Daumen strichen über ihre Wangen.

Sie lehnte sich näher zu ihm, um diese Lippen noch einmal einzufangen, aber er trat zurück und streifte seine Jacke ab. Er hielt inne, als er sie auf den Stuhl fallen ließ.

Sie folgte seinem Beispiel und zog ihre Abaya aus. Dann knöpfte sie ihr Hemd auf. Seine Augen folgten ihren Fingern, verweilten auf ihren Brüsten, als sie den Stoff zurückzog, es von ihren Schultern gleiten ließ und es auf den Stuhl warf, neben seine Jacke.

Sie stand nur in BH und Jeans da. Sie atmete scharf ein, bevor sie fortfuhr, sich auszuziehen. Sie hatte nicht die Absicht, darauf zu warten, dass er den Rest seiner Kleidung auszog. Sie wollte ihm zeigen, was sie fühlte, und es schien keinen besseren Weg zu geben.

Sekunden später stand sie nackt vor ihm. Sein Adamsapfel zuckte, dann riss er sich das Hemd vom Leib. Er trat auf sie zu und küsste jede Brust einzeln, bevor er auf die Knie fiel. Er drückte einen Kuss auf ihren nackten Bauch, ihre Augen schlossen sich, als er weitere Küsse auf ihrem Bauch verteilte, seine Hände liebkosten ihren Po, während sein Mund tiefer wanderte. Sie keuchte und umklammerte seinen Kopf mit ihren Händen, als seine Zunge ein anderes Ziel fand.

Sie dankte Gott für seine Fähigkeit, sich mit eiserner Kraft zu konzentrieren, denn seine ganze Aufmerksamkeit war darauf gerichtet, sie zu schmecken, als wäre sie alles, was er in dieser Wüste wollte. Er war nicht nur darauf bedacht, ihr Vergnügen zu bereiten, sondern sie konnte spüren, wie sehr er es selbst genoss. Es zeigte sich in der Art, wie seine Zunge sie erforschte, wie seine Augen sich schlossen, als er sich ganz auf sie konzentrierte, wie seine Hände um ihren Po und ihr Geschlecht wanderten, ihre Beine in Wackelpudding verwandelten und ihr Herz zum Rasen brachten.

Mit jedem Lecken seiner Zunge, jeder Bewegung seiner Finger um sie herum und in ihr, verstärkte sich die sich aufbauende Spannung in ihrem Inneren. Sie grub ihre Finger in sein Haar, aus Angst, er könnte aufhören. Aber er tat das Gegenteil und steigerte seine Bemühungen, bis sie sich nicht mehr zurückhalten konnte und seinen Namen ausrief, als sie um seinen Finger pulsierte.

Er hielt sie weiterhin fest, während ihre Glieder zitterten, und leckte ihre Erregung, kostete sie, als wäre sie der teuerste, begehrteste Wein, den er sich hätte wünschen können. Dann stand er auf und schob, ohne ein Wort zu sagen, eine Hand unter sie, die andere um ihre Schultern, und trug sie zum Bett.

Dort legte er sie sanft auf die seidene Tagesdecke, die mit kühnen geometrischen Beduinenmustern bedruckt war. Während er sich fertig auszog, beobachtete sie ihn, so wie er sie beobachtet hatte.

Zavian war beeindruckend, wenn er angezogen war, aber ohne Kleidung war er atemberaubend. Sein kraftvoller Körper war nicht länger hinter den Insignien der Königswürde verborgen. Die starken Linien seiner Knochen und Muskeln, geschärft durch Jahre des Sports und Reitens in der Wüste, offenbarten seine angeborene Kraft. Sie streckte die Hand aus, um ihn zu berühren.

Als ihre Finger den Teil von ihm berührten, nach dem sie sich sehnte, schloss er die Augen und atmete scharf ein. Das plötzliche Bewusstsein ihrer Macht über ihn machte sie mutig. Sie strich seine Länge hinauf, bevor sie seinen Schaft umkreiste und liebkoste. Dann erhob sie sich, stellte sich auf die Zehenspitzen und küsste ihn, wobei sie seine Erektion gegen sich spürte.

Es genügte, dass sie einen Oberschenkel anhob und an seiner Hüfte rieb, damit er aufstöhnte und sie rasch hochhob, bis sie beide Beine um seine Hüften geschlungen hatte. Er ging ein paar Schritte, bis sie mit dem Rücken an dem üppigen Samt eines Wandteppichs lehnte. Sie neigte die Hüften, und er drang mit einem langen Stoß in sie ein.

Einen langen Augenblick hielt er sie so, an den Wandteppich gepresst, von seiner Erektion durchbohrt, als wäre sie ein Schmetterling und er die Nadel. Er hielt sie dort, um ihre Schönheit zu bewundern und sich an seinem Besitzgefühl zu ergötzen - einem Besitzgefühl, von dem sie wusste, dass sie es ihm sonst nicht geben könnte. Aber hier, nackt, beim Liebesakt, wollte sie ihm alles geben, was in ihrer Macht stand.

Er rollte seine Stirn gegen ihre, küsste ihre Nase, ihre Wange, wieder die Nase, die Lippen und dann ihren Hals, liebkoste sie mit Küssen und kleinen Bissen, bis sie es schließlich war, die sich zuerst bewegte und sich von ihm hob, verzweifelt nach einem weiteren Stoß verlangend.

Es war, als wäre er erwacht. Er zog sich von ihr zurück, seine Augen verengt und dunkel, als er sie nahm und mit einer Regelmäßigkeit in sie stieß, der sie nicht widersprechen konnte. Es brachte sie an den Ort der Auslöschung, wo sie nicht mehr sie selbst war, sie war mehr – sie war jemand, der nur in Beziehung zu ihm existierte, jemand, der ihn brauchte, um sie an den Ort ohne Gedanken zu bringen, nur Vergnügen.

Erst nachdem die Explosion schockierender Empfindungen durch ihren Körper geschossen war – die ihre Muskeln um ihn herum sich zusammenziehen ließ, ihn melkend für das, was sie von ihm brauchte – erlaubte er sich die gleiche Erlösung. Seine Gesäßmuskeln spannten sich an, und er stieß mit kurzen, scharfen Stößen in sie, seine Augen zu Schlitzen aus Obsidian verengt. Als er sie schloss, brach der Bann.

Er ließ ihre Beine durch seine Hände gleiten und zitternd auf den Boden fallen. Gemeinsam fielen sie aufs Bett, ihr Geschlecht empfindlich und feucht, als sein Samen ihre Schenkel hinunterlief. Sie berührte ihn, und sein Blick folgte ihr, als sie ihre spermagetränkten Finger zu ihrer Klitoris führte und sich zucken ließ, als ihre empfindliche Knospe auf die Stimulation reagierte. Verschwunden war die schüchterne, zurückhaltende Akademikerin. Zavian hatte eine Wildheit in ihr entfesselt, die seiner eigenen wesentlichen Natur entsprach.

Diesmal drang er langsam in sie ein und stellte sicher,

dass sie jeden Zentimeter von ihm an ihrer empfindlichen Haut spürte, als er sie penetrierte. Sie neigte ihren Kopf zurück, und er küsste ihren Hals und tiefer, als sie einen neuen Rhythmus fanden, langsam und träge, sinnlich und fesselnd.

„Gabrielle." Er zerzauste ihr Haar mit seinen Lippen.

Sie grunzte leise, da ihr kein Gedanke, keine Antwort in den Sinn kam.

„Gabrielle", wiederholte er dringlicher, als er sich von ihr erhob und begann, den Rhythmus zu steigern, um sie aus ihrer Benommenheit der Empfindungen zu wecken. Sie küsste ihn, und der Kuss dauerte an, während er in sie stieß, bis sie gemeinsam kamen, aufschreiend, ihre Münder aneinander.

Endlich beruhigte sich ihr Atem und ihre Körper kamen zur Ruhe. Die Höhle war erfüllt von der leisesten Bewegung des Sturms draußen. Im Innern loderten die Kerzenflammen perfekt, ungestört von jeder Brise. Es gab nur ihren Herzschlag und ihren Atem, die gleichmäßiger wurden, als Gabrielle in den Schlaf glitt, eingelullt von Gedanken oder Vorwürfen, die sie sich machte, durch die völlige Entspannung ihres Körpers und ihres Geistes und durch die Berührung von Zavians Fingern auf ihrem Körper - streichelnd, staunend und anbetend zugleich.

Zavian fuhr fort, seine Finger über Gabrielles schlafenden Körper zu streichen. Sie war schön; daran hatte er sich erinnert. Sie war zärtlich und nachgiebig unter seiner Berührung, völlig im Einklang mit seinem Körper und Geist; auch daran erinnerte er sich. Woran er sich nicht erinnert hatte, war, wie sie ihn fühlen ließ. Es war, als vergäße er sich selbst, wenn er mit ihr zusammen war. Dass sie zusammen wichtiger waren als jeder von ihnen allein. Es war ein Verlust, aber es bestand kein Zweifel daran, dass es nicht Mangel war, der jetzt seine Adern füllte, sondern ein tiefes Gefühl des Friedens. Er fühlte sich zum ersten Mal „richtig", seit sie ihn verlassen hatte. Und in diesem Moment wurde ihm klar, dass Liebe mit ihr zu machen nichts heilen würde. Es zeigte ihm lediglich, wie sehr er sie brauchte, um der Mensch zu sein, der er sein wollte. Ohne sie war er nichts.

Als er seine Hand sanft auf ihren unteren Rücken legte, bewegte sie sich ein wenig und hob ihr Gesicht zu ihm. Er streifte einen Kuss über ihre Lippen und lehnte sich zurück, die andere Hand unter seinem Kopf.

Die wilde Nacht tobte um sie herum, berührte sie kaum im Schoß des Berges, der sie sicher und geborgen hielt. Er schloss die Augen, als die letzte der Kerzen erlosch und völlige Dunkelheit zurückließ.

Nein, was ihm das Liebesspiel klar gemacht hatte, war, dass er seine Pläne anpassen musste. Es würde keine Zukunft ohne Gabrielle geben. Er musste sie nur dazu bringen, das zu sehen. Und das würde er.

Ein Lächeln huschte über seine Lippen, als er in den Schlaf driftete.

Ein wiederholtes Klopfen weckte Gabrielle auf. Sie setzte sich plötzlich auf und fragte sich, wo sie sich in der Halbdunkelheit befand. Aber eine Hand auf ihrem Rücken schränkte ihre Bewegung ein. Sie schob sich die Haare aus den Augen und sah sich um.

Zavians Arm lag beschützend über ihr. Er öffnete die Augen und lächelte sie mit einer Wärme an, die ihren Magen flattern ließ. Er zog sie zu sich, bis sie auf ihn rollte, und sie konnte spüren, dass er völlig wach war.

„Wo denkst du, gehst du hin?", fragte er und schob ihre Haare beiseite.

Sie wurden von einem weiteren Hämmern an der Tür unterbrochen.

Sie hob die Augenbrauen. „Nicht ich. Du. Ich bezweifle, dass sie mich wollen." Rufe folgten einer weiteren Runde des Hämmerns. „Es ist für dich. Und wenn du nicht jetzt gehst" – sie blickte auf seine Erregung – „werden wir sie ziemlich lange aufhalten."

Er küsste sie, seufzte und rollte sich auf sie, zögerte einen Moment und sprang dann auf. Er zog seine Hose an, fuhr sich mit den Fingern durchs Haar und ging in den Flur, um die Tür zu öffnen.

Gabrielle zog einen Morgenmantel an und zog sich in eine Ecke zurück, wo sie nicht gesehen werden konnte, und lauschte, während seine Männer leise mit ihm sprachen.

Als Zavian zurückkam, hatte Gabrielle sich angezogen und ihr Bestes mit ihren Haaren getan. Sie verzog das Gesicht, als sie sich im Spiegel betrachtete. Ein Bad würde warten müssen, bis sie die Höhle verlassen und die luxuriösen Einrichtungen des Zeltes benutzen konnte.

Zavian kehrte zurück und schloss die Tür hinter sich. „Wir müssen in die Stadt zurückkehren."

„Was ist passiert?", fragte Gabrielle stirnrunzelnd.

„Etwas ist aufgetaucht, um das ich mich dringend kümmern muss."

Sie konnte ein verschmitztes Lächeln nicht unterdrücken. „Also sind deine Pläne durchkreuzt. Es werden nicht nur du und ich in der Wüste sein."

Aber er lächelte nicht zurück. „Meine Pläne haben sich

geändert, Gabrielle. Du, ich, letzte Nacht... es hat alles verändert."

Sie presste ihre Lippen zusammen. Sie hatte ihm geglaubt, als er sagte, sie würden nehmen, was sie begehrten, und dann gehen können. Nicht für sie, aber sie hatte geglaubt, dass er tatsächlich sein Verlangen nach ihr gestillt hätte.

„Es ändert nichts, Zavian. Alles ist genau so, wie es vor vierundzwanzig Stunden war. Nichts hat sich geändert", wiederholte sie, ihre Stimme leise und dringlich.

Er strich mit den Händen über ihre Schultern und hielt sie fest, als wolle er die Ernsthaftigkeit seiner Botschaft durch seine Fingerspitzen in ihren Körper eindringen lassen. „Ich dachte, wenn ich mit dir schlafe, würde ich mich von meiner Besessenheit befreien. Aber das Gegenteil ist der Fall. Ich will dich, Gabrielle. Nicht nur jetzt, nicht nur für diese Nacht, sondern für morgen und für immer."

„Das kann nicht sein."

„Es muss sein. Ich werde dir zeigen, dass diese Welt dir gehört, genauso wie mir."

Alles, was sie tun konnte, war den Kopf zu schütteln. Er mochte es glauben, aber sie konnte es nicht.

KAPITEL 7

Die Rückfahrt verlief schweigend. Es war, als wäre eine Mauer zwischen ihnen hochgezogen worden. Zavian fuhr, den Blick stur auf die Straße gerichtet, in Gedanken meilenweit weg. Gabrielle spürte seine Distanz nach solcher Intimität umso schmerzlicher.

Erst als sie bei der Einfahrt in den Palastkomplex anhielten und er den Motor abstellte, drehten sich beide um und sahen den Hubschrauber, der sich zum Start bereit machte.

Sie sah ihn an. „Du fliegst irgendwohin?" Sie schüttelte verwirrt den Kopf. „Was ist passiert?"

„Naseer möchte etwas Dringendes besprechen, aber danach werde ich abreisen. Ich bleibe nicht lange weg."

„Aber-" Sie hielt inne. Er war König und konnte kommen und gehen, wie es ihm beliebte. Er hatte eine Nacht Sex mit ihr gehabt und konnte es jetzt kaum erwarten, sie zu verlassen, selbst nach dem, was er darüber gesagt hatte, sie für immer zu wollen.

„Kein Aber. Ich werde es später erklären, wenn ich

zurück bin." Als er zum wartenden Hubschrauber blickte, die Palmen wild bewegt vom Luftzug der Rotoren, war sein Gesicht grimmig.

„Schon gut." Sie stieg aus dem Auto in die gleißende Sonne, die Hitze noch verstärkt durch die Reflexion von den Gebäuden. „Schon gut", murmelte sie, diesmal zu sich selbst, während sie beobachtete, wie Naseer ein paar kurze, dringende Worte mit Zavian wechselte, bevor Naseer ihr einen finsteren Blick zuwarf und nach drinnen zurückkehrte.

König Zavian bin Ameen Al Rasheed – denn das war er in dem Moment geworden, als er ihr Schlafzimmer verlassen hatte – stieg in den Hubschrauber, der sich in den strahlend blauen Himmel erhob. Was zum Teufel ging hier vor?

„Nun", sagte Scheich Amir al-Rahman, König von Janub Havilah, die Hände vor sich gefaltet, sein Gesicht ernst. „Unsere Länder mussten zweimal in Alarmbereitschaft versetzt werden, um die Eindringlinge aus Jazira abzuwehren. Beim zweiten Mal gab es einen Toten. Glücklicherweise auf ihrer Seite, aber wenn wir diesen Pakt mit Tawazun nicht unterzeichnen und besiegeln, müssen wir mit mehr rechnen. Und dieses Mal werden unsere Leute vielleicht nicht so glimpflich davonkommen."

König Roshan von Sharq Havilah betrat den Raum, nahm einen Schluck von seinem Kaffee und ließ sich auf seinen Platz gleiten. „Entschuldigung", sagte er. „Ich wurde aufgehalten."

Zavian verdrehte die Augen. „Wer war sie?"

Roshan grinste. „Ich könnte unmöglich den Namen der Dame preisgeben. Ich muss an ihren Ruf denken."

„Ich denke, ihr Ruf muss ihr zuletzt durch den Kopf gegangen sein, wenn sie sich entschieden hat, sich mit dir einzulassen!", merkte Amir an.

Sowohl Amir als auch Roshan lachten, aber Zavian nicht.

Amir bemerkte es, und sein Gesicht wurde plötzlich ernst und nachdenklich. „Du hast das Treffen einberufen, Zavian. Was ist so wichtig, dass du uns treffen willst, keine zwei Wochen nach unserem letzten Treffen?"

Zavian blickte erst von Amir zu Roshan und dann zurück zu Amir und versuchte, die Worte zu finden, die er sich während des Hubschrauberflugs von seiner Stadt hierher, zu ihrem Treffpunkt in der Wüste, zurechtgelegt hatte. Aber sie entglitten ihm noch immer. Wie konnte er die Gefühle in Worte fassen, die mit der Wucht des *Khamseen* über ihn hereingebrochen waren und alle Spuren dessen ausgelöscht hatten, was vorher war, seit seiner Nacht mit Gabrielle?

Roshan verzog das Gesicht und rutschte auf seinem Stuhl herum, warf Amir einen wissenden Blick zu. „Oh je", sagte er mit seiner charakteristischen Unbekümmertheit, „Das klingt ernst."

Amir brummte, wandte seinen Blick aber nicht von Zavian ab. Zavian erwiderte den Blick in vollem Umfang. Einst, als Jungen, waren sie heftig konkurrierend gewesen, aber jetzt standen sie sich nahe und würden füreinander eine Kugel abfangen. Die zugrunde liegende Stärke ihrer Beziehung blieb intakt.

„Es ist ernst", sagte Zavian. „Ich kann die Ehe mit der Scheicha von Tawazun nicht weiter verfolgen."

Amir blinzelte nicht, aber Roshan stöhnte und ließ seinen Kopf gegen die Stuhllehne fallen. Er öffnete langsam die Augen und starrte auf die dunklen, alten Balken, die die weiß getünchte Gipsdecke durchkreuzten.

„Warum?", fragte Amir.

Alle drei Männer hatten vereinbart, bei ihren Treffen auf Höflichkeitsfloskeln zu verzichten, zugunsten von klarer Sprache. Sie hatten erkannt, dass sie untereinander Klartext reden mussten, wenn es kaum eine Möglichkeit gab, von jemand anderem ehrlichen, unvoreingenommenen Rat zu erhalten. Aber selbst so störte Amirs Direktheit.

„Weil sich meine Pläne geändert haben."

Roshan sprang von seinem Sitz auf und fuhr sich mit den Fingern durchs Haar, drehte sich um und warf beiden einen Blick zu. „Er hat sich verliebt."

Amir runzelte die Stirn. „Zavian?", sagte er mit einer Stimme, die Roshans Behauptung bezweifelte. „Hat Roshan recht?"

Zavian ballte seine Hände zu Fäusten und bemerkte, dass sie schweißnass waren. Er konnte sich nicht erinnern, wann er das letzte Mal Angst gehabt hatte. Oder vielmehr konnte er es doch. An dem Tag, als er erkannte, dass Gabrielle nicht die Absicht hatte zurückzukehren. Er konnte Kriegsräten beiwohnen, er konnte in jeder Krise ruhig bleiben, so schien es, außer in Herzensangelegenheiten. Das, dachte er, war das Problem. Er wollte kein Herz haben.

„Roshan interpretiert die Fakten so, wie sie auf ihn zutreffen würden."

Roshan schüttelte in gespielter Verzweiflung den Kopf und setzte sich ans andere Ende des Tisches. „Ich stelle nur Fakten fest, Zavian, genauso wie wir es immer vereinbart haben."

„Ich bin nicht verliebt; ich liebe nicht." Er winkte abweisend ob der törichten Vorstellungen. „Das sind romantische Hirngespinste deiner Fantasie, Roshan."

Roshan grunzte. „Meiner und der des Rests der Welt. Außer dir, anscheinend."

„Ich wiederhole, Liebe spielt hier keine Rolle. Ist diese Aussage genug für dich?"

Roshan zuckte mit den Schultern, sah aber nicht überzeugt aus.

Amir hob die Hand, um den Streit zu beenden. „Ob du es bist oder nicht, ist hier nicht von Bedeutung. Wichtig ist, welche Pläne sich geändert haben und wie sie uns beeinflussen werden."

Zavian nickte und rieb kurz seine immer noch geballte Faust gegen seine Lippen, bevor er seine Hände auf den Tisch legte und erst Amir und dann Roshan ansah. „Die Heirat kann nicht stattfinden."

„Ich verstehe", sagte Amir.

Roshans Gesicht nahm einen donnernden Ausdruck an, aber er sprach nicht.

„Und du bist dir sicher?"

Zavian nickte. „Das bin ich." Er leckte sich über die trockenen Lippen. „Ich möchte eine andere heiraten."

„Ich wusste es!", explodierte Roshan.

„Das hat nichts mit Liebe zu tun. Sie ist einfach..." Er zögerte, während er nach dem richtigen Wort suchte, um sie zu beschreiben. „Einfach die Person, die..." Er seufzte. „Die", wiederholte er in der Hoffnung, die richtigen Worte zu finden, bevor sein Satz endete, „die...". Er suchte immer noch nach dem richtigen Wort, als ihm plötzlich klar wurde, dass weitere Worte überflüssig waren. Er hatte die Situation genau so beschrieben, wie sie war. Er brauchte Gabrielle. Er brauchte sonst niemanden.

„Du brauchst", wiederholte Roshan sarkastisch. „Wie auch immer du es nennst, du bist vom Markt, und so fällt es auf mich zurück." Er fluchte leise.

„Ich kann kaum Vorwürfe machen, wenn ich selbst dasselbe getan habe", sagte Amir. „Roshan? Was denkst du?"

„Was ich denke?", sagte er mit bitterem Nachdruck. Er schüttelte den Kopf und seufzte. „Ich denke, ihr habt beide den Verstand verloren. Dass ihr beide euer persönliches Glück über unsere drei Länder gestellt habt, die dieses Land von uns ausmachen." Er erhob sich und umklammerte den Tisch, seine große Gestalt ragte über beide hinaus. „Ich denke, es ist gut, dass ich mit all meinem Ruf als Frauenheld am wenigsten Wert auf Liebe lege. Denn, Zavian, was auch immer du dein Bedürfnis nennen willst, diese, wer auch immer sie ist, zu heiraten, täusche dich nicht, es ist Liebe." Er holte tief Luft und stieß sich vom Tisch ab. „Glücklicherweise für uns alle bin ich gegen solche Gefühle immun. Ich vergöttere Frauen – in der Mehrzahl – aber zum Glück liebe ich keine bestimmte von ihnen. Die Scheicha von Tawazun wird genauso gut wie jede andere als meine Frau sein."

Zavian war bis zu diesem Moment nicht klar gewesen, wie sehr er befürchtet hatte, dass Roshan ablehnen würde, wozu er jedes Recht gehabt hätte. Zavian hatte sich freiwillig gemeldet, die Scheicha von Tawazun zu heiraten, um den anhaltenden Frieden für ihre Welten zu sichern, und nun zog er sich aus dem Deal zurück. Da Amir ebenfalls verheiratet war, blieb nur noch Roshan, um die Tat zu vollbringen.

„Danke, Roshan. Und es tut mir leid, dass es so weit gekommen ist, aber ich kann nichts daran ändern."

Roshan blickte von Amir zu Zavian und schüttelte in gespielter Verzweiflung den Kopf. „Bei all eurem Alpha-Männchen-Gehabe seid ihr zwei wie Knetmasse in der Hand einer Frau."

Zavian und Amir tauschten beleidigte Blicke aus, aber beide Antworten wurden abrupt unterbrochen, als Roshan einen Fluch murmelte. „Glücklicherweise für uns alle mag ich zwar äußerlich wie hübsche Knetmasse aussehen, aber meine Stärke ist ein Herz aus Stahl. Ich weiß, wie man Spaß hat, und ich weiß, wie man sich selbst schützt." Er blickte von einem zum anderen. „Überlasst das mir."

Sie erhoben sich alle und schüttelten sich die Hände, aber Roshan ging als Erster.

Zavian und Amir sahen zu, wie Roshan in den wartenden Hubschrauber sprang und nach Osten in den strahlend blauen Himmel abdrehte.

Zavian war sowohl erleichtert, dass sein Weg nun frei war, als auch besorgt über den Druck, der nun auf Roshans Schultern lastete.

„Jetzt liegt es an ihm", sagte Amir, seine Augen verfolgten den kleiner werdenden Punkt am Himmel, das Summen wurde immer schwächer. Er sah Zavian an. „Ich hoffe, er hat recht."

„Womit?"

„Dass das Glied, das wir für das schwächste in unserer Rüstung hielten, sich als das stärkste erweisen wird."

Es dauerte nicht lange, bis Gabrielle ihre Worte über die Geschichte des Khasham-Korans in eine Multimedia-Präsentation verwandelt hatte, die online und im Museum selbst verwendet werden konnte. Trotz des Drängens des Direktors weigerte sie sich, das Video selbst zu präsentieren. Sie war der Meinung, dass diese Aufgabe jemandem aus Gharb Havilah und nicht einer Ausländerin wie ihr zukommen sollte. Sie hatte jedoch nichts dagegen, vor der Kamera zu erzählen, wie der Koran gefunden worden war und welche Rolle ihr Großvater dabei gespielt hatte. Den genauen Fundort hatte sie ausgelassen. Aber sie beschrieb, was folgte - den Diebstahl des Stücks und sein Auftauchen Jahre später in einem Londoner Auktionshaus. Auch ihren Anteil an der Rückführung hatte sie ausgelassen. Die Geschichte schien vollständig. Nur sie und eine weitere Person wussten, dass sie es nicht war.

Sie drehte sich um und lächelte dem Team zu, als die Lichter angingen. „Ihr habt einen fabelhaften Job gemacht!"

„Wir hatten großartiges Material", kommentierte der Museumsdirektor und erhob sich von seinem Stuhl. „Aber Gabrielle hat recht. Gut gemacht, alle zusammen. Es war ein langer Tag und wir haben nicht aufgehört, also macht eine Pause. Und sobald wir die offizielle Genehmigung erhalten, könnt ihr alle nach Hause gehen."

Gabrielle ging zu dem Stück selbst, das an prominenter Stelle stand, und blickte dann auf den Bildschirm, wo ihre Leidenschaft für das Stück eingefangen und mit Bildern des Landes und der Menschen, von denen es stammte, überlagert worden war. „Sie haben es so gut geschnitten", sagte sie zum Direktor, der neben sie trat.

„Sie sind die Besten und arbeiten hart. Und Sie haben auch nicht aufgehört. Sie sollten auch eine Pause machen."

„Mir geht's gut." Dann sah sie auf und erkannte plötzlich, dass auch der Direktor eine Pause brauchte. „Aber gehen Sie ruhig. Sie haben auch nicht aufgehört."

„Das werde ich. Aber es gibt eine Sache, die ich wissen muss. Wann wird Seine Majestät diese Ausstellung genehmigen?"

Sie runzelte die Stirn, sah ihn aber nicht direkt an. „Sie brauchen seine Genehmigung?"

„Ja. Die Anweisungen sind eindeutig. Aber ich erhalte keine direkte Antwort von seinem Büro. Ich muss wissen, wann er es genehmigen wird. Niemand scheint zu wissen, wo er ist. Wissen Sie es?"

Sie biss sich auf die Lippe und wandte sich dem Direktor zu. Er wusste es. Er musste gehört haben, dass sie die Nacht zusammen verbracht hatten, oder zumindest, dass es irgendeine Verbindung zwischen ihnen gab. „Nein. Ich fürchte, ich weiß nicht, wo er ist oder wann er es genehmigen wird."

Er nickte. „Okay. Ich werde mein Team für den Abend hier behalten. Hoffentlich hören wir bald etwas. Wir sprechen später."

Gabrielle folgte ihm nach draußen und wartete, während er den Raum sicherte. Gemeinsam gingen sie zurück in den öffentlichen Bereich des Palastes, wo sie getrennte Wege gehen würden – Gabrielle in den privaten Flügel des Palastes und der Direktor in den öffentlichen, wo er und sein Team während ihrer Arbeit dort untergebracht waren.

„Hören Sie, es tut mir leid, dass ich nicht helfen kann." Sie zögerte, als sie versuchte, einen Weg zu finden, zu sagen, dass sie tun würde, was sie könnte, ohne eine enge Beziehung zuzugeben. „Aber wenn ich etwas über den König höre oder von ihm, werde ich Sie sicher wissen lassen. Und", lenkte sie ein, „wenn ich ihn sehe, werde ich ihn bitten, es so bald wie möglich zu genehmigen."

Sie drehte sich um, als die Röte drohte, ihre Beziehung zu verraten, und ging, ohne sich umzudrehen, zum bewachten Eingang. Schon ihr Verweilen hier verriet, dass sie jemand Besonderes war. Aber was der Direktor nicht wusste, war, dass er nicht der Einzige war, der verwirrt war. Als sie hindurchging und die Tür zuschlug und ein automatischer Riegel einrastete, dachte sie, dass auch sie keine Ahnung mehr hatte, was sie für den König bedeutete.

Abgesehen von einem kurzen Online-Meeting mit dem Museumspersonal, bei dem bestätigt wurde, dass alle eine weitere Nacht im Palast bleiben müssten, bis die Ausstellung genehmigt sei, verbrachte Gabrielle den Rest des Abends allein in ihrem Zimmer.

Sie wusste, dass sie Zeit totschlug. Zuerst hatte sie gebadet, dann ihre sozialen Medien gecheckt, nicht dass es sehr sozial war. Sie öffnete einen Roman auf ihrem E-Reader, den sie seit Monaten lesen wollte. Sie schaffte zwei Seiten, bevor sie das Tablet aufs Bett warf. Ihr eigenes Leben war zu sehr wie ein Roman, als dass das E-Book eine Flucht bieten könnte.

Stattdessen zog sie sich aus, schlüpfte in ein Nachthemd und setzte sich in den Sessel vor den offenen französischen Fenstern, die auf den Garten hinausgingen. Der Duft von Mimosen und Zitronen stieg in der kühleren Nachtluft auf. Sie atmete tief ein und schloss die Augen. Es roch nach Himmel. Sie stand auf und trat auf den gepflasterten Bereich direkt vor ihrem Fenster. Sie wurde weiter von den Düften und Geräuschen der Nacht angezogen, so beruhigend nach einem Tag voller greller Lichter, Technologie und intensivem Denken.

Sie öffnete das schmiedeeiserne Tor, das zum wilderen Teil des Gartens führte. Erst als sie durch die Palmen und Büsche zum zentralen Springbrunnen gegangen war, hielt sie inne. Sie tauchte ihre Hand in das Wasser, das unter dem aufgehenden Halbmond funkelte. Gabrielle ließ den Klang des Wassers, den Geruch der frisch bewässerten Gärten und die schweren Düfte der Blumen ihre Stimmung beruhigen. Und es funktionierte, bis sie einen anderen Duft einatmete.

Sie riss die Augen auf und drehte sich um, als der Geruch von Sandelholz, Leder und frischer Wüstenluft in ihre Nase drang. Er kam auf sie zu. Sie drehte sich schnell um und suchte nach einem Versteck, aber es war zu spät. Seine Augen waren auf sie fixiert.

„Gabrielle", grüßte Zavian und blieb ein paar Schritte von ihr entfernt stehen.

„Zavian." Sie nickte unbeholfen und vergaß sofort all die Zweifel, den Ärger und die Wut, die ihren Tag erfüllt hatten. Jetzt war er da, und sie konnte den Blick nicht von ihm wenden. Er hatte die Lichter des Gebäudes hinter sich, und sie konnte sein Gesicht nicht sehen. Das Schweigen zwischen ihnen dehnte sich aus. „Du warst weg", sagte sie, um die Stille zu füllen, und bereute es sofort. Es klang, als hätte sie ihn vermisst. Aber stimmte das nicht?

„Ja. Aber jetzt bin ich zurück." Er machte eine Pause. „Möchtest du dich mir für einen Drink anschließen?"

Ihr Herz klopfte. Würde er dort weitermachen, wo sie in der Wüste aufgehört hatten? Oder würde er ihr sagen, dass er seine Meinung geändert hatte und dass es ein einmaliges Ereignis gewesen war und dass es keine Wiederholung geben würde – dass die „Heilung" erfolgt war?

„Sicher." Sie schenkte ihm ein kurzes, unsicheres Lächeln. Plötzlich erinnerte sie sich an ihr Versprechen an den Museumsdirektor. „Wir haben das Stück über den Koran fertiggestellt. Wir brauchen nur noch deine Unterschrift."

Er trat zur Seite und deutete an, dass sie sich ihm anschließen sollte. „Wir werden darüber bei einem Drink sprechen."

Er zögerte. Etwas war passiert, aber sie wusste nicht was. War es der Koran, war es Politik mit den Königen, oder war sie es?

Er schien abgelenkt, als sie die kurze Strecke durch den Garten gingen. Er öffnete das Tor für sie und folgte ihr hindurch. Von dort aus, anstatt zu ihrer Zimmersuite zu gehen, bogen sie in die andere Richtung ab, und sie fand sich in seinen privaten Gemächern wieder. Sie hatte nicht realisiert, dass sie so nah an ihren waren.

Zumindest führte er sie nicht in sein Schlafzimmer. Obwohl sie nicht sicher war, ob das ein gutes oder schlechtes Zeichen war. Wie konnte sie wissen, was ein gutes Zeichen war, wenn sie nicht wusste, was sie wollte?

„Bitte nimm Platz."

Er öffnete den Getränkeschrank. „Möchtest du etwas trinken? Vielleicht einen Aperitif?"

Sie zog eine Augenbraue hoch. „Ein Gin Tonic wäre toll, danke. Aber ich dachte, du überlässt solche Dinge dem Personal. Hast du allen frei gegeben?"

Er warf ihr einen Seitenblick zu, ignorierte aber ihren neckenden Kommentar und ließ etwas Eis in ein geschliffenes Glas fallen, gefolgt von Gin und Tonic, und goss sich selbst einen Whisky auf Eis ein. Er reichte ihr das Getränk und nahm selbst einen langen Schluck, bevor er es auf den Tisch stellte.

„Du siehst aus, als hättest du das gebraucht." Sie versuchte, so ruhig wie möglich zu klingen, aber innerlich war sie alles andere als das.

Er zuckte mit den Schultern und setzte sich, seine Augen auf ihr ruhend, als ob er etwas zu entscheiden versuchte.

Sie nahm einen Schluck von ihrem Drink und schob ihn auf den Tisch, während sie sich aufrecht hinsetzte. „Was ist los, Zavian? Du verhältst dich seltsam, seit wir die Höhle verlassen haben."

Seine Augen flackerten bei der Erinnerung, und sein Ausdruck wurde wärmer. „Ja", stimmte er zu.

„Ist das alles?" Sie lachte halb.

Er lehnte sich im Stuhl zurück und schlug ein Bein über das andere, als hätte er nicht einen Sorge auf der Welt. „Ich habe mich mit Amir und Roshan getroffen."

„Ah, ich erinnere mich, dass du früher von ihnen gesprochen hast. Aber das war in den Tagen, bevor du König wurdest."

„Ja, wir waren zuerst Freunde, und jetzt arbeiten wir zum Wohl unserer Königreiche zusammen. Wir treffen uns regelmäßig, aber das heutige Treffen war nicht geplant."

„Oh."

Ein ungeplantes Treffen. Etwas Außergewöhnliches musste aufgekommen sein. Gabrielle fragte sich, was es sein könnte. Es entstand eine Pause, während sie darauf wartete, dass er mehr sagte. Tat er nicht.

„Also, was hast du heute gemacht?", fragte er, als ob das vorherige Gespräch nicht mit einem Cliffhanger geendet hätte. „Also, du hast fertiggestellt..."

Sie nahm einen weiteren Schluck von ihrem Drink und schlug sittsam die Beine übereinander. Wenn er es so spielen wollte, war es ihr recht. „Ja. Wir haben den ganzen Tag daran gearbeitet." Sie hatte beabsichtigt, ihm nur das Minimum zu geben. Doch nachdem sie begonnen hatte, darüber zu sprechen, wie das Team gearbeitet hatte, um eine so spannende Ausstellung zu produzieren, stellte sie fest, dass sie ihm jedes kleine Detail darüber erzählt hatte, wie der Nachmittag verlaufen war. Selbst am Ende davon hatte sie immer noch keine Ahnung, was er dachte. Er saß weiterhin da, seine Hände rieben von Zeit zu Zeit über seine Lippen, als sei er in tiefe Gedanken versunken, seine Augen verließen nie die ihren. „Also, bist du zufrieden mit dem Fortschritt der Geschichte?"

Er blickte auf und sah ihr direkt in die Augen. „Bis zu einem gewissen Punkt."

„Und dieser Punkt ist?"

„Als du sagtest, dass du das Video nicht moderieren würdest, weil es nicht angemessen sei. Warum hältst du es für unangemessen?"

Sie schüttelte ungläubig den Kopf. „Weil... ich nicht

von hier bin." Sie breitete ihre Hände aus. „Das ist doch offensichtlich."

„Für mich ist es das nicht."

„Aber wie kann ich, eine Europäerin, in Frankreich geboren, in England aufgewachsen-"

„Nur bis du fünf warst, als du nach Havilah zu deinem Großvater gezogen bist-"

„Ja, aber nur bis ich fünf war. Aber das macht mich doch nicht zu einer Einheimischen in deinem Land."

„In meinen Augen schon. Dein Herz und deine Seele sind durch und durch havilah, und solange du das nicht erkennst, ist deine Arbeit nicht getan."

Sie lehnte sich zurück, unfähig zu glauben, was sie da hörte. „Was meinst du damit, sie ist nicht vollendet?"

Er trank seinen Whiskey aus. „Genau das. Sie ist nicht abgeschlossen."

„Meinst du damit, dass du sie nicht absegnest?"

„Genau das meine ich."

„Aber, Zavian", sagte sie mit leiser Stimme und sprach absichtlich seinen Vornamen aus, um seine Aufmerksamkeit zu erlangen. „Sie *ist* abgeschlossen. Wenn du sie nicht absegnest, kann keiner aus dem Team zu seiner anderen Arbeit zurückkehren."

Er zuckte mit den Schultern. „Dann solltest du dich wohl besser beeilen, oder?" Er stand auf. „Unterm Strich ist das, was du getan hast, nicht genug. Bei weitem nicht. Du verstehst es immer noch nicht."

„Ich verstehe es sehr wohl. Ich stimme dir nur nicht zu."

„Das ist dasselbe." Er zuckte mit den Schultern.

„Lass es mich klarstellen. Du willst, dass ich meine

Meinung darüber ändere, ob ich in dieses Land passe oder nicht?"

„Genau. Ich bin froh, dass du es verstehst. Das macht es einfacher."

„Einfacher? Wovon zum Teufel redest du?"

„Morgen wirst du mich beim Abendessen zu Ehren von Scheich Mohammed begleiten."

Sie schüttelte den Kopf. Sie kannte den alten Scheich von früher, aber nicht in offizieller Funktion. „Aber warum? Welche Rolle habe ich dabei? Das ist doch sicherlich ein offizieller Anlass?"

„Das ist es. Und was die Rolle angeht? Du wirst mich als meine Gefährtin begleiten."

Sie stotterte, unfähig, ein Wort herauszubringen.

Er lächelte. „Vielleicht habe ich vergessen, dir den Grund für mein Treffen mit den Königen zu nennen. Ich habe ihnen mitgeteilt, dass die bevorstehenden Heiratsverhandlungen abgesagt sind."

Sie runzelte die Stirn. „Du heiratest also nicht mehr. Aber ich dachte-"

„Du dachtest, dass meine Verlobung bei der Zweitausendjahrfeier bekannt gegeben würde? Ja, das war der ursprüngliche Plan. Aber jetzt hat sich alles geändert."

Sie schluckte trocken. „Inwiefern?"

„Insofern, dass Roshan, der König von Sharq Havilah, nun die Verhandlungen zur Heirat mit der Scheicha von Tawazun fortführen wird."

„Warum? Aber hat sich denn irgendetwas geändert?" Die Antwort pochte in ihrem Kopf, aber sie ignorierte sie. Sie musste sich irren.

„Gabrielle." Er lächelte leicht. „Alles hat sich geändert. Ich beabsichtige, dich zu meiner Frau zu machen."

Gabrielle spürte, wie sich ihr Mund weit öffnete, aber kein Laut kam heraus.

Zavian stand auf und schenkte sich noch einen Drink ein. Er deutete auf den Gin. „Möchtest du noch ein Glas?"

„Nein!" Sie fand ihre Stimme wieder. „Nein", wiederholte sie.

„Was möchtest du dann?" Er lehnte sich mit einem seltenen Grinsen gegen das Sideboard und nahm einen Schluck aus seinem Glas.

„Was ich möchte? Ich möchte, dass du wiederholst, was du gerade gesagt hast."

Er leerte sein Glas und stellte es auf den Tresen.

„Ich bin kein Diplomat, Gabrielle. Das überlasse ich meinen Mitarbeitern. Und ich bin kein glatter Frauenheld. Das überlasse ich Roshan. Ich bin einfach ein Mann, der weiß, was er will, und ich will dich. Aber ich musste es erst mit den Königen abklären, bevor ich weitermache."

Gabrielle konnte kaum atmen. Es schien, als würde die

Luft aus dem Raum gesaugt. „Ich kann nicht glauben, was ich da höre!"

Er runzelte die Stirn. „Ich will dich zu meiner Frau machen, Gabrielle. Verstehst du das nicht?"

Sie schüttelte ungläubig den Kopf und ging an ihm vorbei zu den Flügeltüren, wo sie nach Luft schnappte. Sie erwartete fast, dass die Sterne verrutscht waren, dass das Wasser aufgehört hatte zu fließen, dass kein Duft mehr in der Luft lag. Aber alles war genau gleich geblieben.

Sie spürte seine Hand an ihrem Arm. Sie war immer noch sicher, als hätte er alles getan, was nötig war, um ihre gemeinsame Zukunft zu sichern. Nun, das hatte er nicht. Bei Weitem nicht.

„Verstehst du nicht?", wiederholte er. „Wir werden heiraten."

Sie schüttelte seinen Arm ab und drehte sich um. „Das werden wir ganz sicher nicht."

Seine Stirn runzelte sich, aber die Gewissheit verschwand nicht. „Warum sagst du das? Du weißt doch, dass wir zusammengehören. Die ganze Sache, dass du mit dem Geld meines Vaters abgehauen bist, war nur, damit ich dich nicht will. Nun, Gabrielle, das ist dir nicht gelungen. Unsere Zukunft liegt zusammen.

Sie schluckte ihre Wut hinunter. Sie musste ihn zum Verstehen bringen. „Du sprichst von Geschäften, von Zukunft, von Erfolg, von Bedürfnissen. Was du beschreibst, ist eine Unternehmensfusion."

Er zuckte mit den Schultern. „Wenn du es so sehen möchtest -"

„Ich möchte es *nicht* so sehen!", unterbrach sie ihn.

„Wie möchtest du es dann sehen?", fragte er gelassen,

als ob nichts von ihrer Wut oder Emotion zu ihm durchgedrungen wäre. Das machte sie noch wütender.

„Ich möchte es überhaupt nicht sehen!"

Er streckte die Hand aus und ergriff sanft ihre Hand. Sie hätte sie wegziehen können, wenn sie gewollt hätte, aber es schien, als würde sich ihr geistiger Kampf nicht auf ihre Hand erstrecken, die in seiner eingehüllt blieb. Er sah auf und prüfte ihren verblüfften Gesichtsausdruck und zog sie dann mit einem leichten Ruck zu sich. Sie prallte gegen ihn.

„Du kannst nicht leugnen, was zwischen uns ist", sagte er mit einer tiefen Stimme, die gefährliche Schwingungen durch ihren Körper sandte.

Sie schüttelte den Kopf und begegnete seinem Blick jetzt fest. „Ich leugne es nicht. Aber ich weiß, dass es nicht genug ist. Du bist kein gewöhnlicher Mann, Zavian."

„Und du bist keine gewöhnliche Frau."

Sie zog an ihrer Hand, aber er weigerte sich, sie loszulassen. „Aber siehst du denn nicht?", fragte sie. „Ich bin es. Genau das." Diesmal ließ er ihre Hand los. „Ich bin eine gewöhnliche Frau mit gewöhnlichen Bedürfnissen und Hoffnungen."

Er runzelte die Stirn. Zum ersten Mal war die Gewissheit aus seinen Augen verschwunden. „Und was sind deine gewöhnlichen Wünsche?"

„Einen Mann zu heiraten, der mich nicht hassen wird, weil meine Fremdartigkeit Risse in seinem Land verursacht oder schlimmer noch, Krieg."

„Das wird nicht passieren."

„Ich weiß nicht, worauf du diese Behauptung stützt, denn wir haben die Geschichte und Kriege um uns herum, die durch weniger verursacht wurden, was beweist, dass du falsch liegst."

„Ich werde es zum Funktionieren bringen."

„Du allein kannst es nicht zum Funktionieren bringen." Sie hob ihre andere Hand, um ihn am Sprechen zu hindern, und er küsste ihre Handfläche, was sie fast vergessen ließ, was sie sagen wollte. Aber es war zu wichtig. „Hier geht es nicht um dich, nicht um mich oder um ein 'uns', es geht um dein Land und dein Volk. Das, Zavian, ist es, was hier wichtig ist."

„Ich leugne seine Wichtigkeit nicht, aber -"

Sie schüttelte den Kopf. „Es gibt keine Abers. Du musst nur deine Eltern ansehen. Sie haben aus Liebe geheiratet."

„Liebe?"

„Ja, Liebe. Dein Vater hat es mir erzählt."

Zavian schüttelte den Kopf, aber bevor er ihr widersprechen konnte, fuhr sie fort.

„Und am Anfang war alles gut, weil sie dachten, dass die englische Herkunft deiner Mutter keine Rolle spielen würde. Aber mit jedem Tag, mit jedem Monat, mit jedem Jahr trieb der Druck, den sie ausübte, sie auseinander und trieb auch dein Land auseinander. Wäre sie nicht so früh gestorben, wer weiß, was passiert wäre.

„Das waren sie, das sind wir. Die Zeiten haben sich geändert."

„Die Zeiten mögen sich geändert haben, aber dein Volk hat sich nicht geändert. Die Beduinen in der Wüste führen das gleiche Leben, das sie seit Jahrhunderten führen. Sie wollen immer noch die Sicherheit, von einer königlichen Familie ihrer Kultur geführt zu werden, zu der sie gehören. Familie und Stamm sind alles. Ich gehöre nicht zu deiner Familie oder deinem Stamm. Ich bin eine Außenseiterin und werde es immer bleiben."

„Du irrst dich. Denkst du, du kennst mein Volk besser als ich? Dann werde ich es dir zeigen."

„Und wie genau schlägst du vor, das zu tun?"

Er leckte sich über die Lippen, und sie wusste, dass er keine Ahnung hatte. Sie nickte. „Du weißt es nicht, weil es nicht möglich ist." Sie seufzte.

Er umklammerte ihre Hand, als wäre sie ein Rettungsanker. „Ich *werde* es dir zeigen, Gabrielle. Morgen werde ich beginnen, dir zu zeigen, dass dein Leben hier ist, bei mir."

Sie schüttelte den Kopf. „Nein. Es ist nicht nur das."

Seine Augen verengten sich. „Was dann noch?"

„Ich möchte einen Mann heiraten, der mich liebt - nicht jemanden, der mich braucht. Bedürfnisse können befriedigt werden. Bedürfnisse vergehen."

Es gab einen Moment, in dem sie den Konflikt in seinen Augen sehen konnte, als er mit Dingen rang, mit denen er nie zuvor gekämpft hatte. Sie fragte sich, ob er sich öffnen würde, ob er die Gefühle anerkennen würde, die er fest unter Verschluss hielt. Denn solange er das nicht tat, hatten sie keine Zukunft, mit oder ohne die Unterstützung seines Volkes.

Doch der Moment verging, und die Stärke und Entschlossenheit kehrten in seine Augen zurück, und sie wusste, dass sie ihn verloren hatte.

Sie zog ihre Hand aus seiner, und diesmal ließ er sie los. Sie fragte sich, ob dies ein Vorgeschmack darauf wäre, wie es sein würde, wenn sie täte, was er gesagt hatte, und sie heirateten. Irgendwann würde er sie gehen lassen, entweder weil er keine tiefen Gefühle für sie hatte oder weil sie so tief vergraben waren, dass er sie nicht einmal mehr kannte, sie nicht einmal mehr spürte. Sie wusste nicht, welches es war, und sie hatte nicht vor, lange genug zu bleiben, um es herauszufinden.

Sie trat ohne einen Blick zurück auf die Terrasse hinaus.

Zavian beobachtete, wie sie sein Zimmer verließ. Sie schlüpfte zwischen zwei durchscheinenden Vorhängen hindurch, die über ihre Schulter streiften, ihr Körper löste sich in ihnen auf wie in einem Nebel, bevor sie in der Dunkelheit verschwand, als wäre sie ein Teil davon. Als wäre sie ein Produkt seiner Fantasie.

Er verstand sie nicht. *Was war schief gelaufen?* Er runzelte die Stirn, als er sich noch einen Drink einschenkte. Er nahm einen Schluck, verzog das Gesicht und schüttete den Rest weg. Er brauchte keinen Drink. Es gab nur eine Sache – nur eine Person –, die er brauchte, und das war sie. Das Problem war, er wusste nicht, wie er sie für sich gewinnen sollte.

Er stellte das Glas auf den Tisch und ging nach draußen, wo er sich zu ihrem Fenster setzte, in dem das Licht nun aus war. Er ließ zu, dass das Wasser und die Nachtluft seine Seele und seinen Geist beruhigten, und ließ seine Gedanken über seine Probleme schweifen, sie necken, in der Hoffnung, dass sie sich lösen würden. Er schloss die Augen und stellte sich vor, was Gabrielle hinter den geschlossenen Vorhängen tat. Seine Gedanken und Gefühle verknoteten sich noch mehr zu einem Knäuel, das mehr als die Nachtluft brauchte, um sich zu lösen.

Er sprang auf und ging hinein, hielt nur kurz inne, um in die Dunkelheit zu starren und seinen Geist zu zwingen, das geistige Bild von Gabrielle nackt auf dem Bett loszulassen.

Er wusste vielleicht jetzt nicht, wie er sie für sich gewinnen sollte, aber es würde ihm schon einfallen. Das musste es einfach.

Als Gabrielle die Einladung zu einem großen formellen Dinner mit Scheich Mohammed – dem Anführer eines prominenten und mächtigen Beduinen- stammes – erhalten hatte, empfand sie widersprüchliche Gefühle von Aufregung und Bestürzung. Zumindest würde es kein intimes Treffen mit wenigen Leuten sein. Zavian würde ihre Verlobung wohl kaum vor so vielen Menschen verkünden. Sie nahm die Einladung an, aber erst nachdem sie sichergestellt hatte, dass sie in einiger Entfernung von Zavian sitzen würde. In der Menge und in der Distanz läge Sicherheit. Zumindest hoffte sie das.

Nachdem sie sich sorgfältig angekleidet hatte, ging sie zum Empfangsraum, aus dem sie das Gemurmel höflicher Unterhaltungen und Musik hören konnte. Sie lächelte grimmig in sich hinein. Sie hatte vielleicht keine andere Wahl, als auf Zavians Ruf zu reagieren, aber sie würde es auf ihre Art tun.

Als Gabrielle an diesem Abend beim Dinner Platz nahm, strich sie über den Stoff ihres neuen Kleides und bereute dessen Glamour. Als sie die Bestellung für ein Abendkleid aufgegeben hatte – etwas, das sie nicht mitge- bracht hatte – hatte sie sich nicht vorgestellt, dass es so sexy sein würde. Zumindest passte sie hinein, dachte sie, als sie sich die Frauen ansah, die miteinander wetteifer- ten, um mit dem Besten aus New York und Paris zu glänzen.

„Er ist so gutaussehend, nicht wahr?", sagte eine Frau zu ihr.

Gabrielle folgte dem Blick der Frau zu dem Mann, dessen Lippen die ihren erst vor Tagen berührt hatten. „Nicht gutaussehend, denke ich."

Die Frau wandte ihr schockiert das Gesicht zu: „Nicht hübsch?" Beide blickten den König an, und die Frau schnaubte verächtlich. „Vielleicht nicht nach englischen Maßstäben, aber er hat die Kraft und das Charisma, das wir Havilahi-Frauen bewundern."

Gabrielle konnte nicht widersprechen. „Gut aussehend" war nie ein Wort gewesen, das sie auf Zavian angewandt hatte. Es war zu sanft. Und sie meinte es nicht abwertend, wie die Frau vermutet hatte.

„Man sagt", flüsterte die Frau vertraulich, „dass er einmal eine Liebe hatte."

Gabrielles Herz setzte einen Schlag aus, und sie konzentrierte sich darauf, einen Schluck ihres Sprudelwassers zu nehmen. „Wirklich? Warum heiratet er sie dann nicht?"

Die Frau zuckte mit den Schultern. „Niemand weiß es. Aber jeder rätselt." Die Frau lehnte sich mit einem Grinsen zurück. „Manche sagen, er sei einfach gelangweilt geworden." Die Frau sah ihn mit einem faszinierten, direkten Blick an, als könnte sie ihn verschlingen. „Schauen Sie ihn nur an. Er könnte jede haben, die er möchte." Sie zuckte mit den Schultern und stellte ihr Glas auf den Tisch. „Warum sollte er sich auf eine beschränken?"

„Vielleicht, weil er heiraten muss?", sagte Gabrielle, mehr aufgewühlt von den Kommentaren der Frau, als sie sein sollte.

„Aber das beschränkt ihn nicht auf eine Frau", sagte die Frau geduldig. „In unserer traditionellen Kultur kann er viele Frauen nehmen."

Gabrielles Magen verkrampfte sich vor Eifersucht. Sie biss die Zähne zusammen. Sie war nie eifersüchtig. „Ich bezweifle, dass er so traditionell ist, und ich bezweifle, dass Polygamie in der übrigen Welt gut ankäme."

„Vielleicht, vielleicht auch nicht. Aber ich weiß, dass es im Moment keine Frau gibt. Er sollte sich mit der Scheicha von Tawazun verloben, aber das Gerücht geht um, dass das jetzt abgesagt wurde. Ich habe keine Ahnung, warum."

Klatsch verbreitete sich schnell. Gabrielle folgte dem Blick der Frau zu Zavian, der in ein tiefes Gespräch mit Scheich Mohammed vertieft war.

„Er muss heiraten, um die Einheit des Landes zu stärken, sowohl intern als auch extern", fuhr die Frau fort.

„Ja", sagte Gabrielle. Es war genau das, was sie auch dachte. „Aber er muss die richtige Frau heiraten. Vielleicht war die Scheicha von Tawazun nicht die richtige Frau."

„Sie war *genau* die richtige Frau." Die Frau schüttelte den Kopf und wandte sich dann mit einem verschmitzten Lächeln zu Gabrielle. „In gewisser Hinsicht. Allerdings muss ich sagen, dass ich nicht am Boden zerstört bin. Es lässt den Weg für andere offen." Sie erhob sich und glättete ihr Kleid. „Wenn Sie verstehen, was ich meine." Die Frau zwinkerte und ging ungeniert zu einem Tisch in der Nähe des Königs, beugte sich vor und versuchte offensichtlich, seine Aufmerksamkeit zu erregen.

Gabrielle weigerte sich, hinzusehen. Soll der König doch von einer der zahlreichen Frauen verführt werden, die ihn wollten. Sie wollte ihn nicht. Selbst als der wütende Gedanke in ihren Kopf schlüpfte, korrigierte sie sich. Nein, sie mochte ihn vielleicht wollen, aber sie würde sich nicht erlauben, ihn zu haben, nicht zu seinen Bedingungen.

Jemand sprach auf der anderen Seite zu ihr – ein amerikanischer Archivar, der den ganzen Abend versucht hatte, ihre Aufmerksamkeit zu erregen – und sie wandte sich ihm zu, froh, vom Anblick der Frauen abgelenkt zu werden, die sich Zavian an den Hals warfen.

Zavian beobachtete, wie Gabrielle ihren Kopf senkte, als sei sie aufrichtig an etwas interessiert, das der junge Amerikaner ihr erzählte. Er knirschte mit den Zähnen. Ihr Haar streifte den Arm des Mannes, als sie den Kopf neigte, um ihm über den Lärm des Raumes hinweg zuzuhören. Sie bemerkte es nicht, aber er konnte sehen, dass der Mann es tat. Er reagierte mit einer intimeren Körpersprache, die Zavian in Rage brachte. Dann wurde es noch schlimmer. Sie lachte über etwas, das er sagte, und lehnte sich zurück, und er konnte die Gedanken des Mannes lesen, sah die Frau, die er sah.

Es nagte an seiner Seele. Wer zum Teufel hatte entschieden, die beiden zusammenzusetzen? Er hatte es sofort bemerkt und war wütend, dass sie es geschafft hatte, seine Mitarbeiter dazu zu bringen, die Sitzordnung zu ändern. Es war zu spät, um es zu ändern. Aber wenigstens konnte er sie gut beobachten. Zuerst hatte sie unbehaglich ausgesehen, kein Wunder. Die anderen Frauen trugen den auffälligsten Schmuck und die extravagantesten Kleider. Da konnte Gabrielle natürlich nicht mithalten. Selbst wenn sie nicht eine Million Dollar für ein Artefakt statt für Kleidung, Schmuck und dergleichen ausgegeben hätte, hätte sie niemals die Art von prunkvoller Kleidung gewählt, die die Frauen ihres Landes bevorzugten. Sie zog es vor, unbemerkt zu bleiben.

Er hatte beobachtet, wie sie den Raum betrat, ihre schlanke Gestalt ein perfekter Kontrast zur offensichtlichen Pracht des Raumes mit seinen kunstvollen goldenen Verzierungen. Zunächst war sie zögerlich gewesen, dann zurückhaltend, als sie Platz nahm. Aber dann war sie in ein Gespräch mit einer Frau verwickelt, die sich ärgerlicher Weise von ihr weg und näher zu ihm hin bewegt hatte, was dem Mann erlaubte, Gabrielle zu dominieren. Es schien, als hätten die glatten Flirtversuche des jungen Mannes sie amüsiert, und sie strahlte förmlich. Er knurrte.

„Was ist los, Eure Majestät?", fragte sein Wesir leise.

Zavian warf seinem zu scharfsinnigen Berater einen Blick zu. „Dieser junge Amerikaner. Lass ihn wegbringen."

Der Gesichtsausdruck des Wesirs verdüsterte sich. „Und Dr. Taylor soll zweifellos hierher gebracht werden. Ich warne Sie, dass-"

Zavian winkte ab. „Keine weiteren Warnungen, Naseer. Ich habe genug für ein elendes Leben."

„Es mag elend sein, aber zumindest wird es ein friedliches und wohlhabendes sein."

Zavian brauchte nicht weiter zu sprechen. Der Wesir winkte einen Assistenten herbei, der den verwirrt aussehenden Amerikaner bald unter einem Vorwand vom Dinner wegholte.

Zavian wandte seine Aufmerksamkeit wieder seinem Ehrengast zu, der zu seiner Rechten saß. Er brauchte nicht zu sehen, wie seine Anweisungen ausgeführt wurden; er konnte sich Gabrielles Reaktion vorstellen. Das Lachen wäre verschwunden, und ihr Ausdruck wäre wieder verschlossen. Aber was machte das schon? Er wünschte kein Lachen zu inspirieren, ganz im Gegenteil. Er wollte, dass sie ernst war und verstand, dass ihre Zukunft hier bei ihm lag.

Zavian unterhielt sich ungezwungen mit seinem Ehrengast, als wäre er sich des Moments nicht bewusst, als Gabrielle auf den neu freigewordenen Platz neben ihm – subtil von seinem Wesir arrangiert – glitt und kerzengerade dasaß, als wäre sie ohne eigenen Wunsch in die Szene eingefügt worden.

Er blickte sich im Raum um und bemerkte, wie die Leute – besonders die Frau, die zuvor neben Gabrielle gesessen hatte – sie nun alle anstarrten. Er wandte seine Aufmerksamkeit wieder seinem Ehrengast zu. Gabrielle würde sich daran gewöhnen müssen. Angestarrt zu werden gehörte zum Job.

Erst als Zavian den Scheich jemandem vorstellte, konnte er sich aus dem Gespräch zurückziehen und sich zur anderen Seite wenden. Sie saß still da, ein gezwungenes, höfliches Halblächeln wie eine Maske auf ihrem Gesicht. Das täuschte ihn nicht.

„Dr. Taylor." Zavian nickte.

„Eure Majestät", antwortete sie förmlich und warf ihm einen schnellen, vorsichtigen Blick zu.

„Wie nett von Ihnen, sich zu mir zu gesellen."

„Nett?" Ihr Lächeln wurde um ihre Lippen herum noch angespannter. „Sie haben mir befohlen zu kommen. Anscheinend waren keine meiner Ausreden akzeptabel."

Er unterdrückte den Anflug von Ärger. Er würde nicht auf den Köder anbeißen. „Und warum sollten Sie sich entschuldigen wollen?" Er nickte einem vorbeigehenden Bekannten zu und richtete seinen Blick auf sie.

„Weil wir nur zu zweit sind. Ich habe keine Lust, neben dem König zu sitzen und grundlos Klatsch zu erzeugen."

„Grundlos? Das glaube ich nicht." Er wartete ihre Antwort nicht ab. „Möchten Sie etwas trinken? Wein, Whiskey, Likör?"

„Eine Tasse Tee, bitte."

„Tee", wiederholte er und konnte seinen missbilligenden Ton nicht verbergen. Es war offensichtlich, dass sie mehr daran interessiert war, die Unterschiede zwischen ihnen zu betonen als die Gemeinsamkeiten zu finden. Ein Kellner reagierte auf seine hochgezogenen Augenbrauen, und er bestellte den Tee.

„Ja, Tee", sagte sie, ihr Lächeln entspannte sich, als sie das Gefühl hatte, einen Punkt gewonnen zu haben. „Ich bin schließlich Engländerin."

Er versuchte, nicht auf den Köder anzubeißen, scheiterte aber. „Ich mag Whiskey, bin aber weder Schotte noch Ire."

Ihre Augen verengten sich. Unentschieden. Er holte tief Luft. Er konnte großzügig im Sieg sein. „Ich hoffe, Sie haben Ihren Abend genossen?"

„Natürlich." Sie lächelte höflich. „Ich war in sehr angenehmer Gesellschaft... bis jetzt."

Sein Lächeln verblasste sofort, als er ihrem Blick zum jungen amerikanischen Archivar folgte, der zurückgekehrt war und ihr Lächeln erwiderte.

„Möchten Sie, dass Ihr neuer ‚Freund' sich zu uns gesellt?" Er warf ihr einen Blick zu, damit sie genau wüsste, was ihr Freund zu erwarten hätte, wenn er es wagen würde, eine Einladung an den Tisch des Königs anzunehmen.

Sie schüttelte schnell den Kopf, und sein Blick fiel auf ihre gespitzten Lippen. So schöne Lippen - voll und rot. Sie waren nicht zum Beißen da, sondern zum Küssen. Ihre schlanken Schultern hoben und senkten sich und brachten den Glanz des Satinkleides zum Leuchten und betonten ihre Kurven. „Nein, danke. Ich bin sicher, dass es ihm gut geht, wo er ist."

„Wirklich", drängte Zavian, unfähig, sich jetzt zurückzuhalten. „Er ist herzlich eingeladen, sich zu uns zu gesellen. Es würde mich interessieren, ihn zu fragen-"

„Zu verhören", unterbrach Gabrielle.

Zavian ignorierte sie. „Ihn nach seiner Arbeit zu fragen." Er lehnte sich zurück. „Sie wissen ja, wie sehr ich mich für seine Arbeit interessiere."

„Welche Arbeit ist das?", fragte der Beduinenscheich, der sich gerade umgedreht hatte, nachdem er sein Gespräch beendet hatte.

Zavian unterdrückte seinen Ärger darüber, in einem Gespräch mit Gabrielle unterbrochen zu werden, das er trotz seiner Stacheligkeit fesselnd fand. „Die Feier der Poesie."

Gabrielle sah ihn scharf an. Zavian lächelte sie an. „Sie dachten, ich wüsste nichts von einer Poesiefeier in der Wüste?"

Sie zuckte mit den Schultern. „Ich habe nicht..." Sie brach ab.

Zavian wandte sich wieder mit einem Lächeln an den geehrten Beduinengast. „Darf ich Ihnen Dr. Gabrielle Taylor vorstellen, Scheich Mohammed?"

Scheich Mohammed lächelte. „Gabrielle und ich sind alte Freunde, nicht wahr, Gabrielle?"

Zavian versuchte, sein Lächeln aufrecht zu erhalten. Er hatte nicht gewusst, dass Scheich Mohammed Gabrielle kannte. Es schien, als gäbe es kein Ende der Überraschungen für ihn an diesem Abend.

„In der Tat", sagte Gabrielle mit dem ersten echten Lächeln des Abends. „Meine früheste Erinnerung an Sie war, als mein Großvater in Ihrem Dorf arbeitete."

Mohammed nickte und lächelte. „Er hat alles für uns verändert. Hat uns auf die Landkarte gebracht. Ich schulde Ihrem Großvater eine Dankesschuld, die ich nie zurückzahlen kann."

„Er sah das nicht so." Gabrielle zuckte mit den Schultern. „Außerdem ist er jetzt nicht mehr da."

Mohammed lehnte sich zu Gabrielle, Zavian ignorierend. „Und die Welt hat mit seinem Ableben einen großartigen Mann verloren, aber..." Er lehnte sich wieder zurück und betrachtete Gabrielle und dann Zavian nachdenklich. „Aber die Schuld bleibt bestehen. Nur ist sie jetzt bei Ihnen und nicht mehr bei Ihrem Großvater."

Gabrielle lächelte. „Sie schulden mir nichts, mein Herr."

„Im Gegenteil. Wenn es jemals etwas gibt, das ich für Sie tun kann, müssen Sie mich nur kontaktieren, und ich werde mein Bestes tun, um zu helfen."

„Das ist sehr freundlich von Ihnen, mein Herr, aber ich versichere Ihnen, es besteht keine Schuld, weder gegenüber meinem Großvater noch mir selbst."

Er verzog leicht das Gesicht. „Sie würden doch sicher nicht einen alten Mann daran hindern, seine Schuld zu begleichen?"

„Nein, natürlich nicht."

„Gut."

Zavian räusperte sich. „Und Ihrer Familie geht es gut, Mohammed?"

Mohammed richtete seinen Adlerblick auf Zavian.

„Ja, Eure Majestät. Meine Frau blüht auf, umgeben von unseren Kindern und Enkelkindern. Unser Leben folgt dem traditionellen Muster und setzt sich fort wie bei meinem Vater und seinem Vater vor ihm."

„Tradition ist alles", sagte Gabrielle.

Mohammed lächelte, aber Zavian nicht. Gabrielle hatte erneut einen Punkt gemacht. Die Bemerkung war an ihn gerichtet, nicht an Mohammed, der sich abgewandt hatte, um auf die Frage eines Kellners zu antworten.

„Tradition ist nicht alles, Gabrielle", sagte Zavian mit leiser Stimme und hoffte, dass Mohammed es nicht hören würde. Aber dann wandte sich Mohammed ihnen beiden zu.

Mohammed warf unter seinen buschigen Augenbrauen einen durchdringenden Blick auf Gabrielle, bevor er sich Zavian zuwandte. „Tradition ist eine komplexe Sache, Zavian", sagte er und ließ die formelle Anrede weg, die er den ganzen Abend über benutzt hatte. „Sie kann verändert und erneuert werden, aber sie muss immer eine Essenz haben, meinst du nicht?" Der alte Mann drehte sich zu Gabrielle um. „Eine Essenz, Gabrielle, ist notwendig. Aber die Frage ist, was ist diese Essenz?" Er lächelte und stand auf.

„Sie gehen schon so früh?", fragte Gabrielle, und ihr aufrichtiges, echtes Bedauern war offensichtlich. Zavian wünschte nur, sie würde bei ihm so aufrichtig klingen.

Wenn Mohammed nicht alt genug gewesen wäre, um ihr Großvater zu sein, wäre er eifersüchtig geworden.

„Ja, meine Liebe. Wir werden früh in meine Heimat zurückkehren. Aber ich hoffe, Sie werden an unserer Feier der Poesie teilnehmen können." Was tat der alte Mann da? Zavian sah den kurzen Ausdruck der Verwirrung auf Gabrielles Gesicht. Sie fing sich schnell wieder.

„Es wäre mir eine Ehre und ein Vergnügen."

„Gut, dann erwarte ich Sie als Teil der königlichen Entourage. Das ist doch in Ordnung, Zavian?"

Zavian hatte nicht daran gedacht, Gabrielle zu so einem Event einzuladen. Es war klein, unbedeutend und er nahm nur wegen seiner Verbindungen zu Mohammed und seiner Familie teil. „Natürlich."

„Gut", erwiderte Mohammed und blickte noch einmal zu Gabrielle. „Und ich hoffe, dass ich vielleicht meine Schuld begleichen kann."

Gabrielle lächelte, aber eine Falte bildete sich auf ihrer Stirn, als sie dem alten Mann nachsah.

Aber Zavian runzelte nicht die Stirn. Er spürte, wie seine Stimmung sich aufhellte. Als er Mohammed beobachtete, dachte Zavian zum ersten Mal, dass der alte Mann vielleicht auf seiner Seite sein könnte. Er würde sich auf diese Poesiefeier freuen.

KAPITEL 9

Gabrielle blickte in die Runde der um das Lagerfeuer versammelten Menschen und fragte sich, wie sie es so lange ohne sie ausgehalten hatte.

Als die Sonne begann, hinter dem tintenschwarzen Horizont zu versinken, während die Buckel und Wellen der Sanddünen das Lager umgaben und es wie eine fürsorgliche Mutter umhüllten, setzte der Gesang des *Al-Taghrooda* ein.

Zuerst erfüllten die eindringlichen Klänge der *Rababa* die Luft, der Bogen wurde über die Saiten gezogen, während die Finger des Spielers flink über die Löcher im Rohr an der Spitze glitten. Dann erhob sich eine Männerstimme, die auf und ab ging, während er seine Heimat und Familie mit seiner Poesie ehrte. Kaum war seine Stimme verklungen, antwortete ihm eine andere, reagierte auf seine Worte und bekräftigte ihre gemeinsamen Traditionen - geteilte Geschichte und Freunde und Gefährten, die in einer Kamelkarawane durch die Wüsten reisten. Es waren Worte, die über Generationen hinweg von der Gemeinschaft der Ältesten weitergegeben worden waren.

Die Dichter mochten mit dem Auto angekommen sein, und die wenigen Kamele grasten in einiger Entfernung, aber die Gefühle waren heute genauso relevant wie in den Jahrhunderten, in denen die mündliche Überlieferung fortbestanden hatte.

Gabrielle bekam einen Kloß im Hals, den sie erfolglos herunterzuschlucken versuchte, als ihr Tränen in die Augen stiegen. Sie blinzelte heftig. Sie wollte nicht, dass es jemand sah, besonders Zavian nicht. Sie saß bei den Frauen, die später ihre eigene *Al-Taghrooda* aufführen würden, und schielte zu der Stelle, wo er mit den anderen Männern saß.

Zavian hörte aufmerksam zu, aber sie bemerkte sofort, dass er einen anderen Gesichtsausdruck als sonst hatte. Sein Kiefer war weniger angespannt, seine Augen weniger verschlossen. Sie holte kurz Luft und wandte den Blick wieder zu den Dichtern, ohne die kurzen Bewegungen der Peitsche des Dichters - eine Anspielung auf ihr Erbe als Kamelreiter - wirklich wahrzunehmen, die Muster in den Sand zeichnete und ihre Poesie unterstrich.

Irgendwie war es ihr gelungen, Zavian in den wenigen Tagen seit dem Abendessen mit Scheich Mohammed aus dem Weg zu gehen. Außer bei der Arbeit hatte sie sich in ihrem Zimmer aufgehalten, und auch Zavian hatte es vermieden, sie dort zu besuchen. Das war auch gut so, denn sie hatte ihm nichts zu sagen. Sie war wieder am Anfang. Zavian wollte sie, aber er liebte sie nicht, und sie war eine Außenseiterin in dem Land, das sie so sehr liebte.

Aber heute hatte sie jeden Gedanken daran, eine Außenseiterin zu sein, beiseitegeschoben, um die traditionelle Poesie zu genießen, die sie sich mit diesem Land eins fühlen ließ.

Dann trat Stille ein, und es war Zeit für Gabrielle und die Frauen aufzutreten. Sie fühlte sich geehrt, gefragt worden zu sein, da es ein Privileg war, teilzunehmen. Nachdem ein paar Frauen ihre Gedichte vorgetragen hatten, war sie an der Reihe. Obwohl sie sich ihres Unterschieds zu den Frauen - größer und blasser, sowie ihr Akzent - sehr bewusst war, war sie, als sie an der Reihe war, ganz in den Worten versunken, die sie vortrug, und jeder Gedanke an Nervosität war verflogen.

Sie stand nicht auf, sondern saß wie die anderen im Kreis. Die Poesie der Frauen - Nabati-Poesie - konzentrierte sich mehr auf die häusliche Welt als die der Männer. Und das Gedicht, das sie von einer Dichterin namens Bakhu Al-Mariyah gewählt hatte, war da nicht anders. Es drückte auf Arabisch die Sehnsucht der Dichterin nach einem Zelt und eine überragende Liebe zur Wüste aus, die Gabrielle über alles ansprach. Es beschrieb, wie ihr Blick auf der „Ebene hinter dem Berg" ruhte, wo die Beduinen-Nomaden ihre Wüstencamps aufschlugen.

Es gab zustimmende Gesten für die Gefühle des Gedichts und für ihren Vortrag, und dann begann ein anderer Dichter aufzutreten. Als sie sich zurücklehnte und zuhörte, hallten die letzten Worte, die sie gesprochen hatte, in ihrem Kopf nach, und sie konnte nicht anders, als sich zu fragen, ob Zavian die Botschaft verstanden hatte, die hinter ihrer Wahl des Gedichts lag. Ihr Herz gehörte der Freiheit und der Wüste, nicht an einen Ort gebunden, an einen Mann, besonders nicht an einen Mann, der keine Liebe für sie empfand.

Die *Dallah* wurde aus der glühenden Asche des Feuers genommen, das wieder entfacht wurde und eine willkommene Wärme um den Platz verbreitete. Eine Frau goss heißes Wasser aus der *Dallah* in ein Tablett mit Gläsern, und das Aroma des salbeigewürzten Tees stieg in die Luft.

Gabrielle nahm einen Schluck des süßen Tees und spülte den Geschmack des gebratenen Ziegenfleisches herunter. Die Farben der Flaggen, die außen am Zelt hingen, zusammen mit den traditionellen Mustern im Inneren, verblassten, als die Sonne verschwand und eine schnelle Dämmerung folgte, nur beleuchtet vom Feuer und den Laternen.

Scheich Mohammed sprach mit Zavian, und er winkte sie mit einem Lächeln zu sich. Da der formelle Teil des Abends nun vorbei war, bewegten sich die Leute umher und begrüßten alte Freunde. Gabrielle stand auf und begrüßte den Scheich.

„Gabrielle!", sagte Mohammed mit einem Lächeln und unterbrach ihre formelle Begrüßung. „Komm, setz dich neben mich."

Als Gabrielle sich zwischen Zavian und den Scheich setzte, wurden weitere Erfrischungen gebracht, und sie schaute angestrengt auf den Tee, anstatt Zavians Blick zu begegnen, der ihre Wangen zum Glühen brachte.

„Danke, Gabrielle, für dein Gedicht", fuhr Mohammed fort.

„Gern geschehen."

„Ich für meinen Teil schätze deinen Patriotismus. Für jemanden, der nicht aus unserem Land stammt, zeigst du sicherlich eine tiefe Liebe und Wertschätzung dafür. Du beweist eine Loyalität zu unserem Land und unseren Menschen, die sich einige unserer eigenen Leute zum Vorbild nehmen sollten.“

„Ich fühle mich zutiefst geehrt, dass Sie so denken, und auch, eingeladen worden zu sein.“

„Du brauchst keine Einladung von mir, um in deine geistige Heimat zurückzukehren, Gabrielle“, sagte Mohammed.

Als die Aufmerksamkeit ihres Gastgebers von einem seiner Enkelkinder gefangen wurde, nahm Gabrielle einen Schluck von ihrem Tee und dachte über die Worte des alten Mannes nach. Sie empfand es als ihre Heimat. Und Zavian hatte das Gleiche gesagt.

Die Flammen des Feuerscheins ließen die Malereien an den Steinwänden, die sich um sie herum erhoben, in den Fokus rücken. Die geometrischen Muster der Zelte unter den hohen Palmen bewegten sich leicht in der Nachtbrise. Der Duft der Blüten, groß und weiß, hing schwer in der Luft.

„Ihre ‚spirituelle Heimat‘, sagte Mohammed. ‚Ein Patriot‘, ‚loyal zu unserem Land und Volk‘.“ Gabrielle wandte sich Zavian zu. Er sah sie nicht an, sondern blickte über die Szene hinweg, auf die Menschen, die tranken, aßen und sich unterhielten. Sein Gesicht war vom Feuerschein golden umrandet.

„Er ist ein alter Freund meines Großvaters.“

Er drehte sich abrupt zu ihr um, und sie konnte einen Funken Wut und Frustration in seinen Augen sehen. „Und was soll das heißen? Dass er solche Dinge nur aus Zuneigung sagt?“ Er beugte sich zu ihr und seine Augen verdunkelten sich, wobei sich die Wut in etwas ganz anderes verwandelte. „Nein, Gabrielle, er sagt sie, weil sie wahr sind."

Sie biss die Zähne zusammen und wappnete sich gegen den Ansturm. „Sieh mich einfach an, Zavian."

„Das tue ich." Und das tat er, mehr als ihr lieb war, aber sie hatte es herausgefordert.

„Und was siehst du?" Sie wartete nicht auf seine Antwort. „Eine Frau, die ganz anders aussieht und klingt als alle anderen hier." Sie schüttelte den Kopf.

„Wirklich, Gabrielle? Du würdest so etwas nicht über andere Leute sagen! Du würdest Menschen nicht auf so eine oberflächliche, unwichtige Art beurteilen, wie du es gerade beschrieben hast!"

Sie holte Luft, um zu antworten, aber seine Worte stoppten sie. Stattdessen riss sie ihren Blick von ihm los, während sich die Wahrheit seiner Worte in ihrem Kopf wiederholte und ihre Abwehr bombardierte. Die flackernden Flammen des Feuers verzerrten die Gesichter der Menschen auf der anderen Seite des Platzes, und sie wandte sich schnell von ihnen ab. Sie blickte hinüber zu einer der Frauen, mit denen sie früher zusammengesessen hatte, die ihr ein warmes Lächeln schenkte, das sich über ihr ganzes Gesicht ausbreitete und Gabrielle darin einschloss. Sie schluckte und lächelte zurück, bevor sie zum dunklen, tintenartigen Himmel aufblickte, aber er bot keine Erleichterung von ihren Gedanken. Die Sterne starrten direkt auf sie herab, als würden sie sie mit denselben direkten Blicken wie Zavian beschuldigen.

Sie spürte seine Hand an ihrem Arm. „Gabrielle", sagte er sanft, aber sie weigerte sich, sich seinem Wort oder seiner Berührung zuzuwenden.

Sie schüttelte den Kopf. „Lass es. Es ist unmöglich."

Seine Hand drückte sich um ihren Arm, packte ihn mit einer Intensität, die sie dazu brachte, sich ihm zuzuwenden. „Du bist eine sture Frau. Was muss ich tun, was müssen wir alle tun, damit du klar siehst?"

„Verstehst du es nicht, Zavian? Ich wage es nicht, klar zu sehen. Es ist meine letzte Verteidigung."

„Verteidigung wogegen?"

Sie zuckte mit den Schultern. „Vor Ablehnung, schätze ich." Sie blickte auf seine Hand hinab, die immer noch ihren Arm umklammerte. Plötzlich fiel ihr auf, dass sie nicht wusste, ob er ihren Arm wie einen Rettungsanker umklammerte, um gerettet zu werden, oder ob es zu ihrem eigenen Nutzen war.

„Sehe ich aus, als würde ich dich ablehnen? Klinge ich, als würde ich dich ablehnen? Wirkt irgendetwas, was ich getan habe, so?"

„Ich weiß, dass du mich jetzt willst." Sie sagte ihm nicht, dass sie auch wusste, warum er sie wollte. Er wollte sie, weil sie nicht in der Nähe voneinander sein konnten, ohne einander zu wollen. Aber das war physisch und vergänglich. „Aber das reicht nicht, um eine Zukunft darauf aufzubauen."

„Ich sage, es reicht." Sein Unterton offenbarte eine wilde Verzweiflung, die sie überraschte. „Ich brauche dich, Gabrielle. Du verbindest mich mit meinem Land wie niemand sonst."

Etwas nagte an ihrem Verstand. „Wann warst du zuletzt hier?"

Er presste die Lippen zusammen. „Seit ich zuletzt mit dir zusammen war."

„Mit *mir*?", wiederholte sie ungläubig. „Willst du mir

ernsthaft sagen, dass du seit über einem Jahr nicht mehr hier bei diesen Menschen warst?"

Er nickte und blickte weg. „Ich konnte es nicht ertragen."

Das traf sie wie nichts anderes zuvor. „Zavian." Sie legte ihre Hand über seine, die immer noch auf ihrer lag. Er drehte seine um und ergriff ihre, ließ sie außer Sicht unter den Tisch fallen. Seine Finger erkundeten ihre, strichen über ihre ganze Länge, seine Augen verfolgten den Fortschritt, als wäre er hypnotisiert.

Er blickte auf, und sie hätte schwören können, dass Tränen in seinen Augen standen, wenn sie es nicht besser gewusst hätte. Der König von Gharb Havilah weinte nie, und ihr Ex-Liebhaber Zavian auch nicht.

„Deine Hände sind arbeitende Hände", sagte er mit einer seltsamen Sanftheit.

Sie lachte, die Spannung durch seine Worte gebrochen. „Ich sehe, deine Gabe für Komplimente hat sich nicht geändert." Das Lachen setzte sich als Lächeln auf ihren Lippen fest. Es fand keine Spiegelung in seinem eigenen ernsten Ausdruck.

„Ich war nie gut mit Worten, das weißt du. Du warst es immer, die diese Gabe besaß." Er hob ihre Hand ins Feuerlicht, offenbar unbekümmert, ob jemand es sehen sollte. „Aber ich *meine* es als Kompliment." Er ließ seine Finger an ihren auf und ab gleiten. „Ich erinnere mich, wie ich dir beim Graben im Wüstensand zusah, und dann nachts..." Ihre Blicke verhakten sich für einen Moment, als sie sich fragte, was er beschreiben würde. „Dann, in der Nacht, trafen deine verhärteten Finger die Tasten der alten Schreibmaschine deines Großvaters, als du deine Arbeit beendetest."

„Keine Elektrizität in der Wüste", erwiderte sie leise.

Er zog ihre Hand weg und hielt sie in beiden seiner Hände, vorsichtig, untersuchte sie wie einen Schatz, der sie war. Er hob sie ins Licht. „Ich habe deine Hand vermisst."

„Nur meine Hand?"

Sie hatte den Kopf gesenkt, um sein Gesicht besser zu sehen. Er schüttelte den Kopf. „Nein, nicht nur deine Hand." Er hob ihre Hand an seine Lippen und küsste sie, hielt ihre Hand nah, als er sie einatmete, als wäre sie ein Parfüm.

Sie lachte unsicher. „Sag mir nicht, du hast die Art vermisst, wie ich mit dir spreche? Wie mit einem Menschen, nicht wie mit einem Anhänger?"

Er hob eine Augenbraue. „Nein, das vermisse ich nicht. Warum sollte ich jemanden vermissen, der es versäumt, der Königsfamilie von Gharb Havilah den gebührenden Respekt zu erweisen?"

„Ah, da liegst du falsch. Ich respektiere die Königsfamilie von Gharb Havilah sehr. Ich respektiere nur keine Dummheit."

Er stieß ein halbes Lachen als Antwort auf ihre direkte Antwort aus. „Nennst du mich dumm, Dr. Taylor?"

Ihr Grinsen verblasste auf ihren Lippen. „Nicht dumm. Nie dumm, vielleicht fehlgeleitet." Sie suchte sein Gesicht ab, immer noch mit diesem seltsamen, sanften Ausdruck, den sie noch nie gesehen hatte. „Sogar verloren", fügte sie hinzu.

Die Sanftheit wurde sofort durch eine stirnrunzelnde Entrüstung ersetzt. „Du denkst, ich sei verloren? Was bringt dich auf diese Idee? Ich bin der König dieses Landes, in dem ich mein ganzes Leben lang gelebt habe, inmitten meiner Familie, inmitten meines Volkes. Warum um alles in der Welt solltest du denken, ich sei verloren?"

„Weil du dich an Regeln und Vorschriften und Prinzipien klammerst, als ginge es um dein Leben. Wenn sie dir entgleiten, wo wirst du dann sein? Treibend? Strauchelnd? Außer Kontrolle?"

Er knirschte mit den Zähnen. „Du lässt deine Fantasie mit dir durchgehen. Mein Leben ist geordnet, weil es so am effizientesten ist. Ich erwarte nicht, dass du das verstehst. Dein Leben wurde immer im Chaos gelebt."

Ein Ausdruck des Bedauerns huschte über sein Gesicht, und er öffnete den Mund, um zu sprechen, schüttelte stattdessen aber den Kopf. Sie zog ihre Hand aus seiner, und er versuchte nicht, sie aufzuhalten. Er drehte sich um und rief nach einem Nachschub seines Kaffees.

„Ich dachte, du hättest meine ehrliche Rede vermisst", sagte sie leise.

Er warf ihr einen Blick zu, bevor er seine Tasse hochhielt, um sie nachfüllen zu lassen. „Nur bis zu einem gewissen Punkt."

„Und dieser Punkt ist nicht weiter, als du akzeptieren kannst. Nicht über dein eigenes Verständnis hinaus."

„Genug!", sagte er. Die Leute schauten sich wegen seiner erhobenen Stimme um. Er schloss kurz die Augen, bevor er den Umstehenden beruhigend zunickte. „Ich bin nicht hier, um zu streiten."

„Sag mir, Zavian, ganz ehrlich, warum willst du mich?"
„Reicht es nicht, dass ich dich *überhaupt* will?"
„Nein."
Er runzelte die Stirn. „Reicht es nicht, dass seit deinem

Weggang kein Tag vergangen ist, an dem ich nicht von dir geträumt oder mir vorgestellt habe, wie ich dich küsse, dich berühre, dich in meinen Armen halte, in meinem Bett?"

Sie schluckte und schüttelte den Kopf.

„Gabrielle! Du kannst nicht leugnen, was zwischen uns ist."

Sie konnte das nicht mehr ertragen. „Das tue ich nicht", sagte sie, sprang auf und sah sich um. Die Wüste war immer ihre Zuflucht gewesen, ihre Welt, in der sie sich sicher fühlte, aber jetzt fühlte sie sich ausgesetzt und verwirrt. „Ich muss gehen."

Er stand auf und ignorierte die neugierigen Blicke der anderen. Die Musik übertönte ihre Worte. „Nicht so, bitte. Ich wollte dich nicht vertreiben. Ganz im Gegenteil. Bitte, setz dich, und lass uns reden." Sein Griff um ihre Hand wurde fester. „Bitte, ich muss dir erklären, warum ich dich aus Oxford hierher gebracht habe."

Widerwillig nickte sie, trotz allem neugierig, und setzte sich. „Okay, sag mir, was du mir sagen musst, und dann gehe ich ins Bett."

Er nickte und holte tief Luft. Gabrielle spürte, wie viel Überwindung ihn das kostete.

„Du weißt, dass ich alles arrangiert habe."

Sie nickte. „Ja, jetzt weiß ich es. Am Anfang nicht."

„Und das war so, weil ich nicht wollte, dass du es weißt. Aber was du nicht weißt, ist warum."

„Ich habe eine gute Vorstellung davon."

Er hob die Hand. „Lass es mich erklären. Ich habe das arrangiert, um dich aus meinem System zu bekommen." Sie wurde blass, zuckte zurück, aber er hörte nicht auf.

„Ich habe es gehasst, dass ich dich so sehr wollte. Dass du meine Gedanken nicht verlassen wolltest. Und ich dachte, es läge am Mangel. Eine Frage der einfachen Ökonomie - Angebot und Nachfrage." Sie schüttelte ungläubig den Kopf. „Wenn das Angebot da wäre -"

„Ich bin also das Angebot?", fragte sie ungläubig.

Er nickte. „Dann würde die Nachfrage -"

„Dein Bedürfnis nach mir."

„Nachlassen, ja. Aber es hat nicht funktioniert. Ich hatte vergessen, bestimmte Dinge in meinen Plan einzubeziehen."

„Welche Dinge?" Sie konnte die scharfe Kante des Zorns in ihrer Stimme hören, tat aber nichts, um sie zu unterdrücken.

Er neigte seinen Kopf näher an ihre Wange und atmete ein. „Dinge wie dein Duft. Anscheinend gilt das Gesetz der Ökonomie nicht für Düfte."

Sie wurde etwas weicher und konnte nicht verhindern, dass sich ihre Mundwinkel zu einem Lächeln verzogen. Sie wollte gerade antworten, aber sein Daumen strich über ihren Wangenknochen, während sein Blick sich in ihre Augen vertiefte.

„Auch nicht für den strahlenden Blick in deinen Augen." Seine Augen kniffen sich an den Ecken zusammen, als versuchte er, etwas Unerklärbares zu verstehen. „Es ist... nicht quantifizierbar."

Die letzte Anspannung verließ sie und Gabrielle lachte. Sie schüttelte den Kopf. „Ich bin eine Frau, Zavian", sagte sie sanft. „Ich bin kein Ding, kein Kästchen, das man abhaken oder durchstreichen kann. Menschen sind viel komplexer als das."

Seine Stirn runzelte sich für einen Moment und glättete sich dann wieder, und er tat etwas, das sie nicht erwartet hatte. Er lächelte. „Offenbar. Besonders du."

„Besonders, wenn Gefühle im Spiel sind."

Er stand auf und reichte ihr die Hand, und langsam erhob sie sich. Die Palmwedel klapperten über ihnen, der Nachtwind frischte auf und brachte den Duft der Blumen mit sich. Nur noch wenige saßen um das Feuer, aber die, die noch da waren, blickten kurz zu ihnen auf und lächelten, bevor sie sich wieder ihren Träumen und Gesprächen zuwandten.

„Du willst, dass ich mit in dein Bett komme?", fragte sie.

„Nur, wenn du es auch willst."

„Ich will es, daran besteht kein Zweifel. Die Frage ist, ob ich es *sollte*."

„Was kann ich sagen, um dir bei deiner Entscheidung zu helfen?"

„Nichts."

„Dann werde ich etwas *tun*, um deine Gedanken zu vertreiben." Damit ließ er seine Finger durch ihr Haar gleiten, zog ihren Kopf zu sich und küsste sie. Von dem Moment an, als seine Lippen die ihren berührten und sie sein scharfes Einatmen spürte, löste sich der harte Knoten verworrener Gedanken auf. Es war ein Kuss, der alle Gedanken auslöschte - seine und ihre. Es schien, dass Menschen zwar komplexer sein mochten, aber es gab einige Dinge an ihnen, die einfach waren.

Er zog sie eng an sich, während er ihren Mund mit seiner Zunge erkundete, seine Lippen mit ihren, und streichelte ihre Wange, während er sie festhielt, als hätte er Angst, sie würde davonlaufen. Das war das Letzte, woran sie dachte. Es war, als hätte er ein Streichholz angezündet und in eine wasserlose Landschaft geworfen - eine Wüste der Gefühle - die beim ersten Anzeichen von Feuer explodierte. Und es gab jetzt nirgendwo anders hin, wo sie beide hingehen konnten, außer dieses Feuer zu nähren.

Er ergriff ihre Hand, und sie verschwanden in den Schatten, weg vom flackernden Feuerlicht, unbemerkt von den wenigen, die noch schlafend oder trinkend am Feuer saßen.

Sie bahnten sich ihren Weg durch die Zelte, bis sie seines erreichten und das schattige Innere betraten, das von Öllampen beleuchtet wurde, die ein warmes Licht auf die Teppiche und Dekorationen warfen, die das Zelt säumten.

Sofort legten sie ihre Hände aneinander, zupften an ihrer Kleidung, schlüpften unter die Schichten, um die Wärme und Konturen ihrer Körper zu spüren. Innerhalb von Momenten waren sie ihrer Gewänder und Unterwäsche entledigt, und Zavian trug sie nackt zum Bett, das nur von einer Reihe Messinglampen beleuchtet wurde.

Sie nahm seine Hand und zog ihn zu sich herunter, und sie küssten sich, während sie ihre Beine um ihn schlang. Mit einer einzigen fließenden Bewegung war er in ihr. Sie schrie auf, und ihr Kopf fiel zurück, als er tiefer vordrang und sie vollständig ausfüllte.

Er hielt ihr Gesicht, seine Augen suchten in ihren, als müsste er etwas wissen, das nur ihr Körper ihm sagen konnte, während er rhythmisch in sie stieß. Was er von ihr wissen wollte, konnte sie nicht sagen, aber als sie sah, wie sich sein Ausdruck veränderte und intensivierte, wusste sie, dass er, was auch immer er nicht sagte, ihr gehörte.

Der Gedanke gab ihr Kraft, und sie wand sich in seinen Armen, entschlossen, die Barriere zu durchbrechen, die er sich weigerte fallen zu lassen, und ihn sehen zu lassen, was vor seinen Augen war. Sie. Keine Frau, die man besitzen oder beherrschen konnte, sondern eine Frau, die man lieben sollte.

Aber am Ende waren es ihre eigenen Barrieren, die unter seinem geschickten Liebesspiel zerfielen, und sie kam zuerst, ihr ganzer Körper - von den Zehenspitzen bis zu den Fingern - kribbelte, als der Orgasmus sich in ihr aufbaute und dann noch einmal verdoppelte, als er kam und sie mit sich selbst füllte.

Sie lagen für ein paar Momente da und holten Atem, dann glitt sie auf ihn, entschlossen, die Oberhand zu gewinnen. Nach einem langen, anhaltenden Kuss war er wieder bereit für sie, und sie setzte sich rittlings auf ihn und ließ sich langsam auf ihn gleiten.

Zavian beobachtete, wie Gabrielle auf und ab glitt, ihre Brüste unter dem warmen Lampenlicht rosig und aufgerichtet, ihr Haar in einem wilden Durcheinander um ihre Schultern, und ihre Augenlider flatternd geschlossen. Ihre Bewegungen waren so sinnlich, so natürlich, so instinktiv, so ursprünglich, dass die Umgebung perfekt erschien. Die flackernden Kerzen in ihren Messinglaternenfassungen warfen ihre bewegten Schatten auf die wellenförmigen Wände des Zeltes, die sich leicht im auffrischenden Wind bewegten.

Die Musik draußen ging weiter, die Klänge der Geige ein Echo ihrer eigenen Leidenschaft. Gabrielle hob und senkte sich im Rhythmus der Musik, die der Wind hereinwehte. Es war, als wären sie eins. Zavian nahm nichts mehr wahr außer Gabrielle, im Zentrum des Wirbelsturms der Leidenschaft, ihren schmalen, feuchten Körper, der ihn umschlang, sich an ihm rieb, ihre Hände, die seine Haut liebkosten, ihre Augen, die die Schönheit ihres schlanken Körpers in sich aufnahmen, so zierlich und doch so kraftvoll. Seine Kontrolle zerbröckelte unter dem Ansturm ihrer Macht. Er sah den Moment, als sie zum Höhepunkt kam, ihr Körper und ihr Gesicht in einer Ekstase glühten, die ätherisch, überirdisch war. Und er wollte sie verzweifelt in seine Welt zurückholen.

Sie beugte sich vor, ihre Brüste streiften seine Brust, und küsste ihn. Er legte seine Arme um sie und ihr Kuss vertiefte sich. Wie eins rollten sie sich herum, und er zog sich zurück, Befriedigung findend in den entsprechenden ruckartigen Bewegungen ihres Körpers, als sie auf seine Stöße reagierte. Er verschränkte seine Finger mit ihren und breitete ihre Arme weit aus, sie mit seinen Hüften festhaltend, sein Vergnügen nehmend, so wie sie ihres genommen hatte. Nur dass dies kein einseitiges Vergnügen war. Es war, als wären sie ein Wesen, jede Bewegung, jeder Gedanke, jedes Gefühl im anderen widerhallend, vom anderen gefühlt.

Langsam, unmerklich, arbeiteten sie sich an den Rand vor. Ihre Augen hefteten sich mit einer Dringlichkeit und Intensität aneinander, als würden sie sich in einem turbulenten Meer aneinander festhalten, um sich gegenseitig zu retten. Sie kamen gemeinsam, sein Samen ergoss sich tief in sie, sie für sich beanspruchend. Sie öffnete ihren Mund zu einem leisen Stöhnen, und seine Lippen fanden die ihren.

Er rollte sich auf die Seite, hielt Gabrielle fest in seinen

Armen und küsste ihr Haar, ihre Stirn, ihre geschlossenen Augenlider. Dann ließ er sich zurücksinken. Es gab keine Worte zwischen ihnen, denn sie hatten viel mehr kommuniziert als Worte. Doch als die Musik verstummte, der Wind auffrischte und Sand unter das Zelt kroch, kehrte die Wirklichkeit zurück, und eine dunkle Ahnung durchdrang Zavians Bewusstsein. Seine Arme lösten sich nicht von Gabrielle, aber sein Geist entfernte sich.

Was hatte er getan? Er hatte gedacht, sie nach Gharb Havilah zu bringen, er hatte gedacht, sie zu verführen, um sich von den Erinnerungen an sie zu befreien, die jeden wachen und schlafenden Moment geplagt hatten, seit sie ihn verlassen hatte. Er hatte gedacht, den Schmerz, den sie verursacht hatte, auszubrennen, indem er sich bewies, dass er vergänglich war, dass er ein Überbleibsel war, ein Geist in seinem Kopf, der ausgelöscht werden würde. Nur war es das nicht.

Wie ein umherirrender Samen hatte es sich stattdessen tief in ihm festgesetzt, und es hatte sich als nicht so leicht zu entwurzeln erwiesen. Tatsächlich war es aufgeblüht. Er konnte die Ranken von ihr in sich wachsen spüren, die versuchten, seinen Körper und Geist zu übernehmen. Der Gedanke, übernommen zu werden, unter der Kontrolle von jemand anderem zu sein, erschreckte ihn.

Er schluckte, als er zuerst seine Hand, dann seinen Arm von ihrem Körper weg bewegte. Sie schlief fest, aber sie zitterte und kuschelte sich an ihn. Er schloss die Augen und verzog das Gesicht, als er sich wieder befreite. Diesmal bewegte sie sich nicht. Ihr Atem ging regelmäßig, und eine sanfte, rosige Röte lag auf ihren Wangen.

Er schüttelte den Kopf und zog sich langsam an. Er

wollte sie in seinem Leben, das war ihm jetzt klar. Das Problem war, sie wollte etwas, das er nicht geben konnte. Denn wie konnte man sein Herz geben, wenn es aus Stein war? Sein eigenes hartes Herz lag zwischen ihm und dem Glück, und es gab nichts, was er dagegen tun konnte.

KAPITEL 10

Gabrielle wusste nicht genau, wo sie war, als ihre Augen in dem grauen, schattigen Licht der Morgendämmerung aufflackerten, das kaum ins Zelt drang. Sie hatte geträumt, sie wäre bei ihrem Großvater nach einem Tag des Grabens in der Wüste. Dass das Feuer heruntergebrannt war und sie entspannt über alles unter dem Mond redeten, bevor sie zu Bett gingen. Dasselbe Gefühl von Geborgenheit, Ruhe und Liebe hatte sich über sie gelegt und ihren unruhigen Geist beruhigt. Dieses Gefühl war immer noch da, als sie sich umsah und versuchte, die Formen der Dinge im Zelt auszumachen, um sich zu orientieren. Dann hörte sie ein Rascheln von Kleidung und drehte sich um, um eine dunkle Gestalt eines Mannes zu sehen, der auf sie zukam. Sie hatte keine Angst. Sie wusste sofort, dass es Zavian war, und alles andere fügte sich zusammen.

„Du bist wach", sagte er. Es gab ein kratzendes Geräusch, als er ein Streichholz anzündete und eine

Kerze entzündete, bevor er den Messingdeckel wieder auf die Laterne setzte. Er blieb für ein paar Sekunden dort stehen und justierte die Flamme, sein Gesicht zufällig von der flackernden Flamme beleuchtet, einen Moment lang sein Gesicht in Schatten getaucht, seine starken Züge weich, im nächsten das Weiße seiner Augen hervorhebend, seine vertrauten Züge verzerrend, bis er wie der Teufel selbst aussah. Der Gedanke ließ sie aufsetzen, jetzt hellwach.

„Gerade erst", antwortete sie. „Wie spät ist es?" Sie tastete im Schatten nach ihrem Handy.

„Vor der Morgendämmerung. Ich wollte mit dir sprechen, bevor die Welt erwacht."

Sie spürte ein nervöses Flattern in ihrem Magen. Sie setzte sich aufrechter hin und lehnte sich gegen die weichen Kissen, zog die Decke hoch, um ihre Nacktheit zu verbergen. „Das klingt... ernst."

Er lächelte ein rätselhaftes Lächeln, das ihr nichts verriet. „Und ich habe Kaffee mitgebracht."

„Hmm, du versuchst mich jetzt schon zu besänftigen, bevor du zum Ernsten kommst."

„Vielleicht." Er reichte ihr eine Tasse.

Sie atmete den Duft ein, schloss ihre müden Augen gegen den Dampf und fühlte sich allein durch das Einatmen seiner Stärke belebt. Sie nahm einen Schluck. „Na ja, es funktioniert."

Er setzte sich – nicht nahe bei ihr, bemerkte sie – machte aber keinen Versuch, seinen eigenen Kaffee zu trinken. „Gut. Dann können wir vielleicht beginnen."

„Womit beginnen?"

„Über unsere Zukunft zu reden. Nach der letzten Nacht kannst du nicht länger leugnen, dass deine Zukunft hier in Gharb Havilah liegt. Du wirst von unserem Volk akzeptiert und du wirst von mir akzeptiert."

Seine nüchtern gesprochenen Worte fielen wie eine Herausforderung zwischen sie beide. Sie stellte ihre Tasse mit zitternder Hand auf den Beistelltisch und schwang ihre Beine aus dem Bett, immer noch die Decke um sich geschlungen.

„Jetzt, wo ich darüber nachdenke, sollte ich vielleicht angezogen sein, bevor du mir wichtige Fragen an den Kopf wirfst." Sie stand auf und ging zu der Stelle, wo ihre Kleider verstreut lagen.

Sie hörte ein Seufzen hinter sich. „Denkst du, deine Kleidung wird dich vor meinen Fragen schützen?"

„Nein", sagte sie und ließ absichtlich die unbequeme Decke fallen, um ihr Oberteil anzuziehen. Wenn er dachte, er könnte sie mit schwierigen Fragen überrumpeln, *wusste* sie, dass sie ihn mit einer einfachen Bewegung ablenken konnte.

Und wenn seine Stille ein Anzeichen war, hatte es funktioniert. Eine Dusche musste warten. Erst als sie angezogen war, drehte sie sich um. Und ja, an seinem Gesichtsausdruck konnte sie erkennen, dass seine Gedanken abgeschweift waren. Seine Augen waren dunkel, flüssig, und seine Lippen waren leicht geöffnet, als ob er sich vorstellte, sie gegen sie zu pressen. Sie erschauderte.

Er sprang auf. „Es tut mir leid, dir ist kalt. Bitte, trink deinen Kaffee." Er holte eine weiche Decke und legte sie ihr sanft um die Schultern. „Deine Kleidung hätte dich vielleicht nicht geschützt, aber deine Nacktheit hätte es beinahe getan." Er küsste sie sanft und zog sich dann wieder auf seinen Stuhl zurück. „Beinahe, aber nicht ganz.

Ich wiederhole, du bist für uns beide akzeptabel – für mein Land und für mich – und du musst das jetzt einsehen."

„Akzeptabel", wiederholte sie mit einem leisen Grunzen. „Na, das ist ja mal ein Wort. Praktisch garantiert, eine Frau umzustimmen."

Er runzelte die Stirn, die flackernden Schatten fielen jetzt schwer um seine Augen und unter seine Wangenknochen. Er sah... gefährlich aus. Aber es spielte keine Rolle, wie gefährlich er aussah, sie würde sich nicht einem Mann ergeben, der sie einfach nur „akzeptabel" fand.

„Und welches Wort, Gabrielle, würdest du bevorzugen? Etwas passend Sentimentales wie Liebe?"

Sie zuckte mit den Schultern, als sei sie gleichgültig, als wäre dieses Wort nicht der Dreh- und Angelpunkt ihres Lebens und ihrer Zukunft. „Es hat sicherlich einen traditionellen Klang. Es wird üblicherweise erwähnt, wenn ein Mann einer Frau sagt, sie solle bei ihm bleiben."

„Nicht dieser Mann. Du solltest inzwischen wissen, dass Liebe für mich irrelevant ist. Sie hat keine Bedeutung."

Sie näherte sich ihm. „Doch, wenn du ein Herz hast."

„Ah", sagte er, seine Augen immer noch hart, trotz der Art, wie sie ihren Kopf näher an seinen zog. „Da haben wir den Kern des Problems. Ich habe kein Herz. Nur einen Körper und einen Verstand – die beide wollen, nein, *brauchen*, dass du bleibst."

Sie schüttelte den Kopf. „Du *hast* ein Herz, Zavian, ob es dir gefällt oder nicht."

Er schüttelte den Kopf. „Nur eines, das Blut durch meinen Körper pumpt. Es ist ein funktionales Herz, kein sentimentales. Und warum bestehst du auf diesem Punkt?

Du bist Wissenschaftlerin und glaubst nur an das, was bewiesen werden kann."

„Und Liebe kann bewiesen werden, *und* sie überdauert, wenn alles andere versagt."

Er grunzte ungläubig und schüttelte wieder den Kopf, rutschte auf seinem Sitz hin und her. Sie wusste, er hasste es, über solche Dinge zu diskutieren. Sie beschloss, ihren Vorteil zu nutzen. „Gedanken und Überzeugungen ändern sich, Lust brennt aus-"

„Aber du denkst, Liebe hält ewig, was?" Er trank seinen Kaffee aus. Von außerhalb des Zeltes war jetzt Bewegung zu hören. Die Menschen waren aufgestanden und gingen zum Beten. Er stand auf. „Du bist naiv, so etwas zu glauben."

„Du irrst dich. Ich habe in meinem Leben zu viel gesehen und gefühlt, um unschuldig zu sein, zu viel, um *nicht* an die Liebe zu glauben. Es ist das *Einzige*, woran ich glaube. Ich mag zwar hierher gehören, aber nur zu diesem Land, nicht zu dir. Ich kann nicht mit dir zusammen sein. Ich kann jemandem nicht vertrauen, der mich nicht liebt, jemandem, von dem ich nicht einmal weiß, ob er überhaupt lieben kann."

Eine angespannte Stille trat ein. „Ich weiß auch nicht, ob ich lieben kann, Gabrielle."

„Dann musst du es herausfinden. Denn auch wenn ich vielleicht in diesem Land bleiben werde – weil du Recht hast, es *ist* meine Heimat, und die letzte Nacht hat mir gezeigt, dass Menschen, die ich respektiere und bewundere, es auch für meine Heimat halten – kann ich nicht mit dir zusammen sein, nicht mit einem Mann, der sein eigenes Herz nicht kennt."

Sie trat zurück und öffnete die Zeltklappe, als die

Sonne aufging und gleichzeitig der Ruf zum Gebet die Luft erfüllte. Sie blickte zurück. „Du hast Angst, das verstehe ich." Er schüttelte den Kopf, empört über die Vorstellung, dass er Angst haben könnte. Sie hob die Hand, was sie sonst nie tat, und seine Worte erstarben vor Überraschung in seinem Mund. „Aber solange du dich deinen Ängsten nicht stellst und deinen Gefühlen nicht auf den Grund gehst" - sie klopfte sich auf das Herz - „gibt es keinen Weg nach vorn - für keinen von uns."

Sie wartete nicht auf eine Antwort, sondern verließ schnell das Lager und organisierte einen Transport für ihre Rückkehr in die Stadt. Er mochte von dem Ausflug in die Wüste bekommen haben, was er wollte, aber sie hatte ihm etwas zum Nachdenken hinterlassen.

Ein Teil von ihr hatte nachgeben und mit ihm zusammen sein wollen. Sie liebte ihn und sie liebte dieses Land. Aber sie hatte im vergangenen Jahr genug Selbsterforschung betrieben, um zu wissen, dass das nicht ausreichte. Solange er sie nicht in sein Herz ließ, hatte ihre Beziehung keine Zukunft. Er hatte es völlig falsch verstanden. Es war das andere, die Lust, die vergänglich war. Das konnte enden, und wenn es das tat, würde auch ihre Beziehung enden. Nur die Liebe überdauerte. Das hatte ihr Großvater sie gelehrt.

Es war alles spektakulär schiefgegangen. Für einen Mann, der sich auf sorgfältige Kalkulation etwas einbildete, hatte er die Situation völlig falsch eingeschätzt. Zavian nahm einen Stift und klopfte damit auf den Tisch, maßlos irritiert darüber, dass er, anstatt sich einer Obsession zu entledigen, durch das Zusammensein mit Gabrielle diese nur noch verstärkt hatte, was eine Panik in ihm auslöste, die er seit seiner Rückkehr aus der Nacht in der Wüste zu einem Knoten geschnürt hatte. Er weigerte sich, ihr nachzugeben.

Das Klopfen wurde intensiver, bis er den Stift von sich schob, vom Tisch aufsprang und zum Fenster schritt. Plötzlich wurde ihm eine Stille bewusst, die sich im Raum ausgebreitet hatte. Er drehte sich um und starrte die am Konferenztisch sitzenden Personen an, wobei ihm klar wurde, dass er keine Ahnung hatte, worüber sie mit ihm gesprochen hatten.

„Die Sitzung ist beendet."

Es gab ein Vermeiden seines Blicks und einiges Gemurmel. Sein Wesir runzelte die Stirn und nahm seine Papiere auf. Die anderen schauten in ihrer Verwirrung zu ihm um Orientierung, aber er bedeutete ihnen zu gehen. Naseer beobachtete, wie sich die Tür schloss, und erst dann näherte er sich Zavian.

„Eure Majestät", begann er.

Zavian hob eine Augenbraue. „Förmlichkeit. Das muss ernst sein."

„Wenn Sie sich in einer Strategiesitzung nicht konzentrieren können, *ist* es ernst."

Zavian brummte und starrte weiter zum fernen Horizont, in Richtung der Wüste, wo seine Gedanken verweilten. „Es wurde nichts besprochen, das meinen Kommentar erforderte."

„Alles erfordert Ihren Kommentar."

„Sie müssen mich nicht über die Verantwortlichkeiten des Königtums belehren, Naseer."

„Leider scheint es, dass ich das muss. Sie haben dieses nichtsnutzige Mädchen in unser Land gebracht, gegen meinen Wunsch, möchte ich hinzufügen, und benehmen sich mit ihr, als wären Sie ein Teenager. Allah allein weiß, warum Sie sie wieder in Ihr Leben gebracht haben."

Er wandte sich seinem vertrauten Wesir zu und wünschte sich nicht zum ersten Mal, dieser wäre etwas weniger weise und etwas mehr unterstützend. „Wollen Sie wissen, warum ich sie hergebracht habe? Hm?" Er wartete keine Antwort ab. „Weil ich sie loswerden musste. Abwesenheit hat nicht funktioniert, also dachte ich, Vertrautheit würde es vielleicht tun."

„Und hat es das?"

Zavian wandte sich wieder ab, zurück zum Blick auf Minarette und Türme und Spitzen, die im weichen, dunstigem Licht des frühen Morgens geheimnisvoll wirkten. „Nein." Sein Wesir seufzte schwer und wandte sich ab. Es schien, als hätte dieses Rätsel sogar seinen schlauen alten Berater verwirrt. „Keine Worte der Weisheit, hm Naseer? Kein Rat? Keine klugen Worte über Herzensangelegenheiten?"

Naseer zögerte und blickte weg. In dieser einzigen Bewegung wusste Zavian es mit Sicherheit. Er wandte sich ihm zu.

„Sie haben sie dazu angestiftet, nicht wahr?"

Wenn es in Zavians Kopf noch irgendwelche Zweifel gegeben hatte, wurden sie ausgelöscht, als Naseer ihm in die Augen sah. Da war Schuld, das Erkennen der Wahrheit, aber auch etwas anderes, Trotz. „Ja, ich habe es Ihrem Vater als einzigen Ausweg vorgeschlagen. Ihr Vater war ein sterbender Mann, und mit Ihrem Bruder fort wusste ich, dass Sie die Zukunft sind. Aber nicht mit ihr.

Sie brauchten eine geeignete Ehefrau." Er machte eine wegwerfende Handbewegung. „Keine englische Akademikerin."

„Sie ist mehr als das", sagte Zavian leise.

Zum ersten Mal überhaupt biss sich Naseer auf die Lippe, und seine Augen flackerten, was seinen Mangel an Sicherheit verriet. Schließlich nickte er. „Ja, vielleicht ist sie das. Aber zu der Zeit sahen Ihr Vater und ich ihre Abreise als das Beste für Ihr Land und Sie an."

„Und jetzt?"

„Jetzt" – Naseer vergaß die königliche Etikette und setzte sich müde auf den Stuhl neben Zavian – „beginne ich zu denken, dass ich die Situation und Dr. Taylor möglicherweise falsch eingeschätzt habe."

„Sie meinen, Sie haben das Falsche getan."

Naseer nickte, konnte aber Zavians Blick nicht begegnen. „Dr. Taylor ist höchst... ungewöhnlich. Manchmal höre ich, was sie sagt, und kann kaum glauben, dass sie nicht von unserer Abstammung ist. Wenn ich meinen Enkelinnen zuhöre, wie sie über Belanglosigkeiten sprechen, wünschte ich nur, sie hätten ein Viertel von Dr. Taylors Engagement für Gharb Havilah. Mein Rat? Heiraten Sie sie."

„Das ist eine ziemliche Kehrtwende." Er stand auf und schritt zum Fenster. „Aber was ist mit der Liebe?"

Naseer schnaubte, genau wie Zavian es erwartet hatte, seine eigenen Gedanken widerspiegelnd. „Sie sprechen von Liebe?", fragte er ungläubig. „Darum geht es hier nicht." Er wischte den Gedanken mit einer Handbewegung beiseite. „Und ich kann Sie in solchen Angelegenheiten nicht beraten. Ich habe keine Kenntnis von Herzensangelegenheiten. Ich weiß nur, dass sie Menschen von ihrem Zweck abbringen können. Und Ihr Zweck, darf ich Sie erinnern, Zavian, ist es, ein Land mit zehn Millionen Menschen, zahlreichen sich befehdenden Stämmen zu führen und internationalen Übergriffen auf unseren Hafen zu widerstehen. Wir befinden uns an einem strategischen Punkt der Welt, den die Supermächte kontrollieren wollen. Das Land steht im Zentrum globaler Macht, und Sie stehen im Zentrum des Landes. Alles hängt von Ihnen ab. Liebe ist bei all dem kein Faktor."

„Ich bin mir dessen bewusst."

„Und Ihnen muss auch klar sein, dass die Heirat entscheidend ist, und Ihre Dr. Taylor scheint die einzige Frau zu sein, die Sheikh Mohammed gutheißt. Und wenn Mohammed zustimmt, dann werden Sie auch die Unterstützung anderer haben."

Naseer legte eine Hand auf Zavians Schulter, und Zavian drehte sich überrascht zu ihm um. Sein Wesir berührte ihn selten. Er war ein äußerst intelligenter Mann, ein Meister im Schachspiel und jemand, den er nie hatte weinen oder irgendeine Form von Emotion zeigen sehen. Ein Mann, der in ihrer langen Beziehung nur wenige Male körperlichen Kontakt zu Zavian gehabt hatte. Einmal, als er ein Kind gewesen war und in eine Schlägerei mit Straßenkindern geraten war. Zavian hatte die Beherrschung verloren, und nur die Berührung seines Wesirs hatte den Nebel aufgelöst und ihm erlaubt, wieder klar zu sehen. Und dann, als seine Mutter gestorben war und die Trauer ihn zu überwältigen drohte. Beide Male, wurde Zavian klar, waren Momente gewesen, in denen Zavians Emotionen drohten, die Oberhand zu gewinnen. Und jetzt das.

„Sie möchte mich nicht heiraten."

Anscheinend hatte er einen Weg gefunden, Naseer aus der Fassung zu bringen. Er streckte seinen alten Kopf vor, die Augenbrauen vor Verwirrung zusammengezogen. „Was?"

„Gabrielle möchte mich nicht heiraten."

„Dann ist sie eine Närrin."

„Wir wissen beide, dass sie das nicht ist."

Die Stirnrunzeln des Wesirs hatte sich nicht gelegt, aber er nickte. „Sie hat eine Schwäche. Eine Sentimentalität, die keinen Platz in der Führung eines Landes hat. Aber..." Sein Wesir hielt inne, als die Stirnrunzeln sich hob und seine Augen aufhellten. „Aber", wiederholte er mit einem Achselzucken, „solche Sentimentalität ist eine Kleinigkeit. Diese Schwäche, Zavian" - er winkte abwehrend mit der Hand - „kann angegangen werden. Tu, was auch immer nötig ist, um sie dazu zu bringen, dich zu heiraten. Versprich, was auch immer du musst."

„Ich kann nicht jemand werden, der ich nicht bin."

„Du hast keine Wahl. Die Zeit läuft uns davon. Bei den Zweitausendjahrfeiern wurde eine Art Ankündigung gemacht, und eine Ankündigung wird es geben."

Naseer verließ den Raum, ohne auf eine Antwort von Zavian zu warten, was auch gut so war, denn Zavian war verwirrt. Er hatte angenommen, sein Wesir würde einen Ausweg aus ihrer misslichen Lage finden. Aber es schien kein Zurück zu geben. Er wollte Gabrielle, und sein Land und seine Berater wünschten, dass er Gabrielle heiratete. Das einzige Hindernis war Gabrielle. Sie wollte Liebe, und er konnte keine Liebe geben.

Er klappte den Laptop mit einem Knall zu und verließ den Raum. Sein Wesir hatte sich schon einmal geirrt, und er irrte sich wieder. Naseer unterschätzte Gabrielle, etwas, das Zavian nicht tat. Sie würde ihre Meinung nicht ändern. Sie war so stur wie ihr Großvater. Sobald ihr Herz und ihr Verstand sich entschieden hatten, waren sie eins und konnten nicht geändert werden.

Wenn er ohne sie auskommen musste, dann würde es auch sein Land. Beide würden überleben. Es war nur so, dass er auf etwas mehr als bloßes Überleben gehofft hatte.

GABRIELLE KNIFF DIE AUGEN ZUSAMMEN, als sie den Gegenstand in das helle Mittagslicht bewegte, das durch das Museumsfenster strömte. Ja, er stammte definitiv aus der gleichen Periode wie der andere. Sie legte ihn vorsichtig zurück in seinen Behälter und machte einige Notizen auf ihrem Laptop. Sie rieb eine verbleibende Spur von Sand vom Objekt zwischen ihren Fingerspitzen, und ihr Geist war sofort zurück in der Wüste, bei Zavian.

Sie wünschte, es wäre nicht so. Wann immer sie an ihn dachte, fühlte sie sich verletzt, buchstäblich, vom Kribbeln in ihren Fingerspitzen bis zum Sinken in ihrem Magen. Ihre Liebe zu ihm erzeugte eine greifbare, körperliche Reaktion in ihr. Schade, dass es einseitig war. Zavian hatte deutlich gemacht, dass er sie nicht liebte und nicht lieben konnte. Sie glaubte ihm nicht. Sie *kannte* ihn. *Sie. Kannte. Ihn.* Wie er sich selbst nicht kannte. Er war gezwungen worden, von früher Kindheit an Läden um sein Herz zu ziehen, es einzusperren, irgendwo tief in seinem Inneren, wo es ihn nicht verletzen konnte. Seine Eltern hatten ihm das angetan, und selbst die Liebe, die er von seinem Großvater erhalten hatte, war eine kühle Angelegenheit gewesen, auf äußere Leistungen ausgerichtet, Jagen, körperliche Dinge, die weiter dazu beitrugen, seine Gefühle so gut zu verbergen, dass er jetzt nicht wusste, dass sie existierten. Er gab ihnen andere Namen, andere Eigenschaften. Er log sich selbst an, und nur er konnte die Wahrheit entdecken.

Sie lehnte sich vom Bildschirm weg und rieb ihre müden Augen. Nur noch eine Woche, bis sie gehen und auf ihre Position in Oxford zurückkehren konnte, ihr College nicht länger in finanziellen Schwierigkeiten. Und sie? Sie hatte das Gefühl, ihre Probleme fingen gerade erst an. Aber es war etwas, mit dem sie lernen musste zu leben.

Das Telefon summte, und sie nahm ab. „Okay", sagte sie mit einem Seufzer. Sie versuchte, ein Lächeln aufzusetzen. Es war nicht die Schuld des TV-Teams, dass sie Publicity hasste. „Kein Problem. Ich bin gleich da."

Sie stand auf und strich ihre Kleidung glatt und überprüfte ihr Gesicht im Spiegel. Alles war in Ordnung. Mehr als in Ordnung. Sie hatte sich gegen ihre übliche akademische Kleidung entschieden und war ihrem Instinkt gefolgt, indem sie eine traditionelle Abaya trug. Es fühlte sich richtig an, und je mehr Zavian gegen Gefühle war, desto mehr war sie dafür.

Sie wusste auch, dass alle Nervosität verschwinden würde, sobald sie über ihre Arbeit sprechen würde, sobald die Leidenschaft, die sie für ihre Arbeit empfand, jede oberflächliche Nervosität besiegen würde. Die Leute wollten heutzutage Leidenschaft in ihren Nachrichten und in ihrer Unterhaltung - alle außer Zavian. Und doch war er einer der leidenschaftlichsten Männer, die sie kannte. Und einer mit der größten Selbstbeherrschung und Selbstdisziplin. Für ein paar lange Momente stellte sie sich vor, wie diese Leidenschaft für ihn, für sie und für sein Land sein könnte, wenn er Kontrolle und Disziplin fallen ließe. Sie hatte Einblicke in diese Leidenschaft gesehen und wusste, dass es ein lebensverändernder Moment sein würde, wenn er sie zeigen würde. Es war es für sie und es würde es für sein Volk sein, wenn sie nur den wahren Menschen sehen könnten.

Aber das war nicht das echte Leben. Das echte Leben war dort, wo Menschen - wo Zavian - sich weigerten, solche Gefühle anzuerkennen und stattdessen mit dem Realen umgingen. Und das konnte sie auch. Zumindest für den Moment.

Sie nahm die Dinge, die sie brauchte, und ging aus dem Büro hinunter in den Ausstellungsraum. Das war ihr echtes Leben, erinnerte sie sich - Museumsräume, TV-Kameras und die staubigen Objekte, durch die sie ihr Leben lebte. Die Vergangenheit in die Gegenwart bringen. Alles, was sie tun musste, war das, was Zavian mit Leichtigkeit tat - aufhören zu fühlen.

ES WÜRDE keine Zukunft für sie geben, wiederholte Zavian zum millionsten Mal für sich selbst. Sie verlangte Liebe, und er tat Liebe nicht. Ende der Geschichte. Oder es wäre so gewesen, wenn er aufhören könnte, sie zu sehen, von ihr zu hören, an sie zu denken.

Denn obwohl Zavian König war, hatte sich sein Wunsch, Gabrielle zu meiden, als schwer erfüllbar erwiesen. Zwar war es ihm vielleicht gelungen, keine Zeit mit ihr zu verbringen – etwas, das sie offensichtlich genauso stark wollte –, aber wenn er gehofft hatte, ihren Anblick und Gespräche über sie zu vermeiden, wurde er enttäuscht.

Jede Arbeit, die sie machte, war laut dem Museumsdirektor hervorragend, der bei jeder Gelegenheit ihr Lob sang. Er konnte keine Besprechung durchführen, ohne dass jemand ihren Namen erwähnte und sie für ihre Arbeit und ihre Vision für das Land und seine Artefakte lobte.

Alles, was er hörte, war, wie wunderbar sie sei - eine Tatsache, die er nicht leugnen konnte - und es gab sogar versteckte Anspielungen auf ihre Eignung für ihn. Die Leute wussten, dass sie Freunde waren, aber nur wenige wussten, wie nahe sie sich wirklich standen. Doch seit dem Dichterfest in der Wüste hatte sich das Gerücht verbreitet. Etwas, das er bedauerte.

Und an diesem Nachmittag schien es nicht anders zu sein. Er hatte sich das neue Video für die Zeremonie ansehen wollen - etwas, das seinen Geist auf die wichtigen bevorstehenden Ereignisse fokussieren würde. Stattdessen sah er nur eine Nahaufnahme von Gabrielle, die ihre Arbeit mit einer Leidenschaft erklärte, die ihm direkt in den Magen schlug.

Er wurde von der Wucht des Schlages in den Sessel gedrückt. Sie hatte sich selbst vergessen. Das konnte er sehen. Ihre Augen waren bei ihrer Arbeit, der Geschichte, ihrem Leben. Es war etwas unglaublich Verführerisches daran, jemanden zu sehen, der sich seiner selbst nicht bewusst war, der nur durch seine Emotionen und Gedanken lebte, beides eins.

Der Wüstenwind hatte ihr blondes Haar aus ihrem Hidschab gelöst, und es war wie blasser Satin unter der heißen Sonne. Ihr Gesicht war gebräunt, seit sie nach Gharb Havilah zurückgekehrt war, was ihre blauen Augen noch blauer erscheinen ließ. Er erinnerte sich an sie, weit geöffnet, überrascht, als sie in seinen Armen zum Höhepunkt kam. Und in diesem Moment wusste er, dass er nicht nur sich selbst, sondern auch seinen Wesir und das ganze Land täuschte.

Er sank in seinem Sessel zusammen, legte den Kopf in die Hände und erkannte, dass seine körperliche Reaktion auf sie nicht nur auf seinen Körper beschränkt war. Sie war mehr als ein Körper, nach dem er sich sehnte, mehr als ein Verstand, den er respektierte, sie war... sie selbst. Eine Frau, für die sein Herz schlug, eine Frau, ohne die er nicht mehr sein konnte als ohne die Luft, die er atmete. Er blickte erschrocken auf. War das Liebe? Konnte es sein, dass sie ohne jegliche Anstrengung oder Absicht seinerseits die Verteidigungsanlagen, die er um sein Herz errichtet hatte, so effektiv zerstört hatte, dass er nicht einmal gesehen hatte, wie sie fielen?

Er hätte nicht sagen können, wie lange er dort weiter saß. Aber das Sonnenlicht wanderte durch den Raum, sein Telefon klingelte, ohne dass er antwortete, sein Wesir kam und ging – irgendwie verstand er sein Bedürfnis, ausnahmsweise einmal allein zu sein – und sorgte dafür, dass ihm der Raum gegeben wurde. Raum, um darüber nachzudenken, wie er der Frau, die er liebte, vermitteln konnte, dass er sie tatsächlich liebte. Und dass es keine bloßen Worte waren, kein bloßes Abhaken, nichts, was er sagte, um sie zu halten. Sondern dass seine Liebe echt war. Wie konnte er ihr das zeigen, nach allem, was er gesagt und getan hatte?

Erst als das Tageslicht völlig vom Himmel verschwunden war, kam ihm die Antwort in den Sinn und blieb dort haften. Er wusste, was er tun musste, auch wenn es ihm nicht besonders gefiel.

KAPITEL 11

Gabrielle überflog die Schlagzeilen, wechselte zu einer anderen Website und spürte, wie ihre Übelkeit zunahm. Es schien, als würde überall im Internet spekuliert werden, wen der König von Gharb Havilah heiraten würde. Gerüchte kursierten hin und her und versuchten, die bevorstehende Ankündigung des Königs vorherzusagen. Und es mangelte nicht an Vorschlägen zur Identität der Frau. Keine davon, wie sie bemerkte, schloss sie ein.

Rieten sie nur, oder wussten sie etwas, das sie nicht wusste? Und was würde es überhaupt ausmachen? In ein paar Tagen wäre sie weg, zurück in England, und würde zu ihrem akademischen Leben zurückkehren, weit weg von der Hitze und dem Staub der Wüste, tausende Kilometer entfernt von dem Ort, wo ihr Herz lag.

Sie klappte ihren Computer zu heftig zu. Einige ihrer Kollegen schauten zu ihr herüber, als das Geräusch durch das Museum hallte. Sie schob ihren Stuhl zurück und gesellte sich zu ihnen, während sie darauf warteten, an

der offiziellen Eröffnung der Zweitausendjahrfeier teilzunehmen, die das Ende ihrer Arbeit hier in Gharb Havilah
markierte.

Während sie ihren Kollegen antwortete und sich an
der Unterhaltung beteiligte, wunderte sie sich, wie
normal sie klang. Sie hatte viel von Zavian gelernt, denn
es war ihr gelungen, das Unmögliche zu tun und ihre
Gefühle einzufrieren, sie fest und kompakt in Blei zu
hüllen. Sie konnte es sich nicht erlauben, diese Gefühle zu
untersuchen oder in irgendeiner Weise darüber nachzudenken. Das, das wusste sie, würde später kommen. Viel
später, wenn sie in Sicherheit war, weg von diesem Ort,
weg von Zavian. Bis dahin blieb ihr nichts anderes übrig,
als die Gefühle zu ignorieren, die schwer auf ihr lasteten.
Sie musste erst einmal die nächsten zwei Tage
überstehen.

Sie strich das tiefrote Satinkleid glatt, das sie sich für
den Galaabend geliehen hatte. Die Frau des Museumsdi-
rektors hatte einen extravaganten Geschmack in Sachen
Kleidung und hatte darauf bestanden, Gabrielle das Kleid
zu leihen, nachdem sie es an ihr gesehen hatte. Gabrielle
hätte etwas Dezenteres vorgezogen, etwas Subtileres, aber
die Frau des Direktors hatte sich geweigert, Gabrielle
eines ihrer anderen Kleider anprobieren zu lassen,
nachdem sie Gabrielle in diesem gesehen hatte.

„Es wäre ein Verbrechen, meine Liebe", hatte sie
Gabrielle verschwörerisch ins Ohr geflüstert. „Es ist deine
letzte Nacht, und nach allem, was du für das Museum, die
Feierlichkeiten und das Land getan hast, ist es an der Zeit,
dass du deinen Anteil am Rampenlicht bekommst." Die
Frau war mit einem Lächeln zurückgetreten und hatte sie
gemustert, während sie sich eine Zigarette anzündete.

„Und lass einige Leute dich so sehen, wie du wirklich bist."

Am Ende hatte Gabrielle keine Wahl. Sie hatte nichts anderes Passendes für die Galaeröffnung. Außerdem wollte sie die Frau nicht verärgern. Es gab nicht viele Menschen, die Interesse daran gezeigt hatten, wer Gabrielle außerhalb ihrer beruflichen Rollen war.

Sie blieb vor dem Spiegel stehen und griff automatisch nach ihren Haaren, die nicht mehr mit dem eleganten französischen Dutt zu vergleichen waren, auf den ihre Freundin bei der Friseurin bestanden hatte. Und das Make-up... Sie blinzelte ihr Spiegelbild an, und zum Glück blinzelte es zurück, sonst hätte sie vielleicht nicht geglaubt, dass dieses Audrey-Hepburn-ähnliche Bild ihr Spiegelbild war.

Sie ging schnell weg. Was machte es schon aus, ob sie wie sie selbst aussah oder wie jemand anders? In ein paar Tagen wäre sie weg von hier.

ZAVIAN HATTE den Galaabend vor dem offiziellen Beginn der Zweitausendjahrfeier gewählt, um sich Gabrielle zu stellen. Er würde tun, was er tun musste - und zwar schnell - zu Beginn des Abends, und dann würde genug Zeit bleiben, um den Zeitplan für den folgenden Tag zu finalisieren, einschließlich ihrer Verlobung.

Einfach, dachte er, während er an seiner Krawatte im Spiegel herumfummelte. Als er durchging, was er tun würde, erschien es simpel. Mehrere Kästchen waren bereits abgehakt, Aufzählungspunkte erreicht. Alles, was er getan hatte, war, einen zur Liste hinzuzufügen. Den mit der Liebe. Er würde das genauso angehen wie die anderen. Ihr sagen, dass er sich geirrt hatte, dass anscheinend mehr hinter seinen Gefühlen steckte, als er zunächst gedacht hatte, Gefühle, von denen er annahm, dass es Liebe sei. Und wenn dem so wäre, dann liebte er sie tatsächlich.

Er lächelte sich selbst im Spiegel an. Es war einfach eine Frage der Perspektive. Nur weil er sie anscheinend liebte, hieß das nicht, dass er in die emotional instabilen Tiefen anderer abgleiten musste. Er konnte diese Liebessache in sein Selbstbild integrieren. Mit ein bisschen Anstrengung jedenfalls.

Es würde schon klappen; er nickte sich selbst bestätigend zu. Er würde einfach an seinem Plan festhalten, ihr erklären, dass in der Liebesabteilung alles in Ordnung sei, und sie würde einwilligen, ihn zu heiraten. Der Rest wäre Geschichte und seine Zukunft.

Er hielt inne, als sein Blick auf seine eigenen, nicht so sicheren Augen in seinem Spiegelbild fiel. Lächerlich, sich selbst in Frage zu stellen! Alles würde nach Plan verlaufen. Er weigerte sich zu glauben, dass es nicht so sein würde. Er wandte sich abrupt ab und begegnete Naseers Blick. Er hatte seinem Wesir seine Pläne anvertraut, der ihnen zugestimmt hatte.

„Es wird alles nach Plan verlaufen, Eure Majestät. Es gibt nichts zu befürchten."

„Natürlich nicht. Ich fürchte mich nicht vor..." Er zögerte. „Irgendetwas", sagte er leise, ohne seiner eigenen Aussage ganz zu glauben, weil er den schleichenden Verdacht hatte, dass er vor einer Person doch ein wenig Angst hatte. Geist und Körper konnte er kontrollieren. Aber Herzen? Die erwiesen sich als ganz andere Bestien.

Er schritt in den Ballsaal und sah sich um. Er war bereits voll. Musik konnte das aufgeregte Geplauder der festlich gekleideten Menschen nicht übertönen. Heute Abend ging es nur um das Zusammenkommen, ohne formelle Komponente. Das würde am nächsten Tag stattfinden. Er scannte den Raum ein weiteres Mal, konnte sie aber nicht sehen. Eine dunkle Wolke legte sich über seine Stimmung, als Naseer ihn einem zu Besuch weilenden Würdenträger vorstellte.

Er äußerte Höflichkeitsfloskeln, kaum bewusst, was er sagte, während seine Gedanken in eine völlig andere Richtung rasten. War sie vor Beginn der Feierlichkeiten nach Hause zurückgekehrt? Nein. Sie hätte die finanzielle Situation ihres Colleges nicht riskiert. Außerdem wäre er informiert worden. In diesem Fall war sie in ihrem Zimmer geblieben und weigerte sich stur, an etwas teilzunehmen, worum er sie ausdrücklich gebeten hatte. Die Vorstellung, dass sie erstens seiner Bitte nicht nachkam und zweitens seine Pläne möglicherweise durchkreuzt würden, entfachte ein Feuer der Wut in ihm.

Er würde sie finden, wo auch immer sie war, und ihr sagen, was er ihr sagen musste. Das war alles, woran er jetzt denken konnte. Es wurde ihm allmählich egal, wie er es ihr sagte, seine einstudierten Worte konnten zum Fenster hinaus, Hauptsache, er entledigte sich der Last seiner Worte und sagte es ihr. Es war eine Tatsache, das war alles - eine Tatsache, die sie wissen musste.

Er wandte sich an Naseer und ignorierte die erwartungsvollen Gesichter der anderen, die offensichtlich auf eine Antwort von ihm warteten. „Ich muss gehen, Naseer, ich-"

Seine Worte wurden unterbrochen, als sein Blick einen roten Schimmer nicht weit von ihm erfasste. Die Frau stand mit dem Rücken zu ihm. Das rote Kleid fiel ihr von den Schultern und entblößte die cremefarbene Haut ihres Rückens, betont durch ein kapuzenartiges Dekolleté aus roter Seide, das sich knapp über ihrem Gesäß wölbte.

Er erkannte nichts an ihrer Kleidung oder ihrem Haar, aber etwas an ihrer Ausstrahlung, an der Art, wie sie sich hielt. Dann drehte sie sich halb um, und er sah die Linie ihres Kiefers und wusste, dass sie es war.

Die verwirrte Gruppe seinem Wesir überlassend, ging Zavian direkt auf sie zu. Die Menschen wichen zurück, als er geradewegs auf sie zusteuerte. Sie drehte sich um, und plötzlich stand er vor ihr. Andere Leute in ihrer Gruppe rückten zusammen, murmelten und traten nach ein paar Kommentaren leicht zurück.

Sie machte einen Knicks. „Eure Majestät", sagte sie.

„Ich möchte mit dir sprechen, Gabrielle."

Sie neigte den Kopf. „Natürlich, Eure Majestät."

„Lass das. Es sind nur wir."

Sie sah sich um. „Nur wir, umgeben von Hunderten von Menschen."

„Ignorier sie. Für mich existieren sie nicht."

Ihre Lippen verzogen sich zu einem flüchtigen Lächeln. „Ich liebe die Art, wie du alles ignorieren kannst, was du nicht sehen willst."

„Tatsächlich?"

Sie schüttelte den Kopf. „Eigentlich nein, tue ich nicht."

Nun war es an ihm, ein flüchtiges Lächeln über seine

Lippen huschen zu lassen. „Und ich liebe die Art, wie du deine Meinung änderst. Häufig."

„Als ich sagte: ‚Ich liebe die Art, wie du alles ignorieren kannst', meinte ich, ich kann nicht *glauben*, wie du Dinge ignorierst."

„Ah, also wenn du das Wort ‚liebe' benutzt, sollte ich es nicht glauben."

Sie sah sich um, antwortete aber nicht.

„Gabrielle?"

Sie wandte sich ihm zu. „Ja?"

„Ich habe dir eine Frage gestellt."

„Ich dachte, es wäre eine Feststellung. Sprache ist so schwierig", fuhr sie fort. „Immer offen für Interpretationen. Worte sind leicht zu sagen, man muss an die Menschen glauben, nicht an die Worte. Wie auch immer..."

Sie sah weg, als suche sie einen Ausweg, und wandte sich zum Gehen. Das würde er nicht zulassen. Es war jetzt oder nie. Er musste diesen Punkt abhaken, damit er mit seinen Plänen fortfahren konnte.

„Nun, ich hoffe, du glaubst mir, wenn ich dir sage, dass ich dich liebe."

Selbst in seinen Ohren klangen die Worte nicht überzeugend - ganz anders als in den Filmen. Überzeugend oder nicht, Gabrielle blieb wie angewurzelt stehen. Sie drehte den Kopf, um ihn anzusehen, die Stirn gerunzelt, den Mund offen. „Was?" Das Wort klang seltsam erstickt.

Er räusperte sich. „Ich liebe dich." Wieder klang es nicht so, wie er es sich vorgestellt hatte. Er, der sich selten der Menschen bewusst war, nahm nun die Blicke wahr, die in seine Richtung geschossen wurden. Er wollte das schnell erledigt haben. Er verlagerte sein Gewicht auf das andere Bein. „Also... was denkst du?" Er zuckte innerlich zusammen - er klang nie bedürftig, aber jetzt schien es so zu sein.

Sie drehte sich zu ihm um. Nun schien sie es zu sein, die sich der Zuschauer nicht bewusst war. „Was ich denke? Ich denke, du sagst Worte, von denen du glaubst, dass ich sie gerne hören würde. Das denke ich."

Er seufzte ungeduldig, als er seinen Namen von seinem Wesir gerufen hörte. Er drehte sich um und sah ihn zusammen mit König Amir und König Roshan näher kommen. Seine Zeit lief ab. Er wandte sich wieder Gabrielle zu und trat näher an sie heran, sodass nur sie ihn jetzt hören konnte.

„Ich sage, was ich fühle."

„Wirklich? Es klingt nicht danach."

„Ich weiß nicht, wie ich klingen soll, aber glaub mir, das ist es, was ich fühle. In Ordnung?"

„In Ordnung?" wiederholte sie. Oder wiederholte sie es? Vielleicht bestätigte sie, dass tatsächlich alles in Ordnung war.

„Ist es das nicht?" fragte er.

„Ist es was nicht?"

„In Ordnung? Die Tatsache, dass ich dich liebe. Ich nehme an, du liebst mich immer noch, also regelt das alles."

Sie holte tief Luft. „Du bist unglaublich."

Er verengte die Augen. „So wie du das sagst, klingt es nicht nach etwas Gutem." Er hob die Hand, um die ungeduldige Stimme seines Wesirs zu stoppen.

„Zavian!" sagte sie, den Kopf schüttelnd.

„Eure Majestät", mischte sich der Wesir ein. „Die Leute warten darauf, Euch zu sehen."

„Richtig", sagte er. „Richtig", sagte er zu Gabrielle. „Ich muss gehen. Aber ich möchte, dass du weißt, dass ich getan habe, was du gesagt hast. Ich habe die Sache überdacht und bin zu dem Schluss gekommen, dass du Recht hast. Ich liebe dich."

„Da fängst du schon wieder an."

„Ich wiederhole mich", sagte er deutlich, „weil du nicht so reagierst, wie ich es erwartet habe."

Sie warf einen Blick auf den Wesir, der ihr einen finsteren Blick zuwarf. „Du solltest gehen. Man erwartet dich woanders."

Er zog sie näher zu sich. „Ich gehe nirgendwohin, bis du mir sagst, dass du es verstehst. Ich liebe dich. Drei Worte, die du wolltest, und ich habe sie dir gegeben. Ich nehme an, dass sie nicht unwillkommen sind." Er hob herrisch eine Augenbraue. Er schien sich nicht bremsen zu können.

„Geh, Zavian. Wir können später darüber reden."

„Nein. Ich muss jetzt wissen, ob das, was ich gesagt habe, ausreicht, damit du mich heiratest."

Sie schüttelte den Kopf, lächelte aber gleichzeitig. Zugegeben, es war ein schwer zu deutendes Lächeln, aber Zavian interpretierte es instinktiv als beruhigend. Er hatte ihr gegeben, was sie wollte. Erleichtert lockerte er seinen Griff um ihre Hand.

„Gut", sagte er. „Ich muss jetzt gehen. Aber es gibt nichts mehr zu befürchten, Gabrielle. Alles wird gut."

Er hob die Hand zum Gruß für die beiden Könige, die mit amüsierten Lächeln am Eingang auf ihn warteten. Es gab nichts zu befürchten, wiederholte er für sich, als er von ihr wegging und sich an ihr kleines Lächeln erinnerte. Sie hatte gesagt, dass Worte allein keine Bedeutung hätten und dass man der Person selbst vertrauen müsse. Sie vertraute ihm. Dessen war er sich sicher. Deshalb würde alles gut werden. Sein Plan konnte weitergehen.

Als Gabrielle beobachtete, wie Zavian die beiden Könige begrüßte, die das alte Königreich Havilah bildeten, schüttelte sie verwirrt und frustriert den Kopf. Wie konnte er glauben, dass sein Liebesgeständnis irgendetwas änderte? Sie wusste, was er getan hatte. Er hatte den „Liebes-Punkt" zu seiner Aufzählung hinzugefügt und hielt ihn nun für abgehakt. Nun, er musste viel mehr tun, als es ihr nur zu sagen. Er musste ihr *zeigen*, dass er sie liebte, denn bis er das tat, würde sie nicht glauben, dass er die Mauern um sein Herz hatte fallen lassen, würde nicht glauben, dass sie ein gemeinsames Leben haben könnten.

Sie wünschte, sie könnte in die Nacht entschwinden, in den Schatten ihres Zimmers. Aber sie hatte an diesem Abend noch ihre Pflichten zu erfüllen. Nur noch diese Nacht und die nächsten Tage, dann konnte sie gehen, weg von den Verlockungen und den höhnischen Erinnerungen an ein Leben, das ihres hätte sein können.

Scheich Amir sah Zavian nachdenklich an. „Was ist los, Zavian? Ich habe dich nicht mehr so nervös gesehen, seit wir Teenager waren und du ein Auge auf dieses Mädchen geworfen hattest."

Amirs Kommentar unterbrach Zavians Gedankengang, und er sah sich um, nur um festzustellen, dass sowohl Amir als auch Roshan ihn mit kaum verhohlener Belustigung beobachteten.

„Du hast Recht, Amir", sagte Roshan, lehnte sich in

seinem Stuhl zurück und nahm einen schnellen Schluck von seinem Getränk, „Zavian plant etwas." Er legte den Kopf nachdenklich zur Seite. „Plant etwas, bei dem er sich nicht ganz sicher ist. Hm. Interessant." Er sah Amir an. „Seit wann ist unser Freund jemals nicht ganz sicher bei etwas?"

„Es gibt nur eine Sache, bei der er unsicher ist, und das sind Herzensangelegenheiten."

„Ah, ja", erwiderte Roshan. „Da sollte er wirklich zu mir kommen. Ich bin zufällig ein Experte in Herzensangelegenheiten."

Zavian runzelte die Stirn. „Ich brauche keine Hilfe."

„Natürlich", Roshan beugte sich vor und rieb sich nachdenklich die Fäuste an den Lippen. „Du bist ein Experte. Du hast so eine erfolgreiche Bilanz."

„Und du hast, nehme ich an. Alles, was du hinterlassen hast, ist eine Reihe gebrochener Herzen."

„Aber nicht meins. Das, würde ich behaupten, ist erfolgreich zu sein."

Zavian schüttelte den Kopf. Roshan war unverbesserlich, und die Hölle würde zufrieren, bevor er irgendeinen Rat von ihm annahm. Zumindest in Beziehungsangelegenheiten.

Er sah sich zufrieden im Raum um. Alles lief nach Plan. *Seinem* Plan. Er fing Gabrielles Blick auf, als sie dem ausländischen Botschafter zuhörte, der eifrig kulturelle und touristische Verbindungen zwischen ihren Ländern fördern wollte, und lächelte ihr zu. Sie lächelte zurück, ihre Augen in einem intimen Moment gefangen, der den Raum transzendierte. Es beruhigte alle verbleibenden Ängste aus seinem früheren Gespräch.

Es war Zeit. Er erhob sich, und sie lehnte sich verwirrt

zurück, als Stille im Raum einkehrte. Als er zu sprechen begann, richteten sich alle Augen auf ihn, genau wie er es geplant hatte. Dies würde der perfekte Auftakt zu den Feierlichkeiten sein, das Sahnehäubchen auf dem Kuchen. Es würde sein Land in den Mittelpunkt der Weltmedien rücken, während sie die Vergangenheit von Gharb Havilah, seine prosperierende Gegenwart und seine vielversprechende Zukunft rühmten. So viel hatte sich in den letzten Generationen verändert, aber er war jetzt an einem Punkt, an dem sie mit Zuversicht voranschreiten konnten. Nach einer kurzen, formellen Rede, in der er die Gäste begrüßte und über die Bedeutung sprach, die die Feier für sein Land hatte, kam er zu dem Teil seiner Rede, von dem keiner seiner Berater gewusst hatte. Er begegnete nicht dem direkten Blick seines Wesirs, aber er konnte ihn spüren, als er fortfuhr.

„Ich möchte dort enden, wo ich begonnen habe. Die Zukunft von Gharb Havilah hängt von den Menschen ab, die hier leben, und von einer Führung, die sich für ihr Volk und ihre Kultur einsetzt? einer Führung, die sich dem Familienleben verpflichtet fühlt". Er wandte sich an Gabrielle. „Und was für ein besserer Zeitpunkt, um Dr. Gabrielle Taylor für ihr Engagement für unsere Kultur und ihre Arbeit an den Feierlichkeiten zu danken. Gabrielle hat die Erforschung der Vergangenheit von Gharb Havilah zu ihrer Lebensaufgabe gemacht. Sie war eine Inspiration für uns alle und ganz besonders für mich. Sie verkörpert das, was Gharb Havilah so großartig macht. Die Liebe zu den Menschen und zum Land. Und es ist mir eine große Freude, unsere Verlobung bekannt zu geben.

Es gab einen Moment der verblüfften Stille. Königshäuser boten selten Unerwartetes, aber dann brach Applaus und Jubel aus, als verschiedene Anführer aufstanden und klatschten, sich erst dem König und dann Gabrielle zuwandten.

Zavian lächelte zurück und nahm den Jubel und die guten Wünsche entgegen. Seit jenem Moment in der Wüste hatte er gewusst, dass die Verbindung die Zustimmung seines Volkes finden würde. Und es schien, er hatte Recht. Sogar ein Blick auf seinen Wesir beruhigte ihn. Nach anfänglichem Unglauben nickte sein Wesir langsam und stimmte in die allgemeine Feststimmung ein. Die Förmlichkeit des Dinners löste sich auf, und die Leute drängten sich um sie. Nicht zuletzt seine beiden Freunde, Amir und Roshan.

Es gab nur eine Person, die er nicht sehen konnte. Menschen wogten zwischen ihnen hin und her.

Roshan klopfte Zavian auf den Rücken. „Du alter Fuchs!" Er grinste breit. „Scheint, als wüsstest du ein bisschen mehr, als du zugibst."

Aber Zavian war nicht in der Stimmung zu reden. Er versuchte, Gabrielle in der Menge zu entdecken.

„Wo ist sie?"

Die beiden anderen Könige sahen sich um. „Da drüben bewegt sich etwas. Ich glaube, sie ist... ja, sie macht sich auf den Weg zum Ausgang."

Beide blickten zu Zavian, der die Stirn runzelte. Das war nicht sein Plan – nicht mal annähernd sein Plan.

„Vielleicht war ich mit meinen Glückwünschen etwas voreilig", sagte Roshan. „Wir werden dich decken, aber ich glaube, du solltest besser deine zukünftige Braut suchen gehen, denn es sieht so aus, als hätte sie gerade den Raum verlassen."

Er verlor keine Zeit, Roshans Rat zu befolgen. Er bahnte sich schnell seinen Weg durch die Menge, die vor ihm zurückwich, aber sie musste gelaufen sein, nachdem sie den Raum verlassen hatte, denn es gab keine Spur von ihr.

Er zögerte einen Moment und überlegte, wohin sie in der Hitze des Augenblicks wohl gegangen war. Blitzschnell fiel es ihm ein. Die Gärten. Er ging die leeren Säulengänge entlang, vorbei an den öffentlichen Räumen des Palastes, in Richtung des älteren Flügels, wo sich der alte, überwucherte Garten befand. Er sah sie sofort, ihr rotes Kleid leuchtete gegen das dunkle Grün der Palmen und Pflanzen, als sie auf den intimen Bereich des zentralen Springbrunnens zuging.

Er folgte ihr und beobachtete sie für einige Momente, wie sie neben dem Brunnen zusammensank und ihren Kopf in die Hände legte. Das ließ ihn aufspringen.

„Gabrielle, sag mir, was ist los?"

Sie drehte sich erschrocken zu ihm um, und er war überrascht, nicht die Emotion zu sehen, die er auf ihrem Gesicht erwartet hatte. Sie war wütend.

„Was los ist?" Sie nahm seine Hand und schleuderte sie von sich, verschränkte die Arme vor der Brust. Er hatte sie noch nie so wütend gesehen. „Du hast mich öffentlich gedemütigt, und du fragst mich, was los ist?"

Wut flammte in ihm auf. „Gedemütigt? Inwiefern ist es eine Demütigung, dich zu bitten, mich zu heiraten?"

„Du. Hast. Mich. Nicht. Gefragt!" Jedes Wort wurde mit Vehemenz ausgesprochen.

„Ich dachte kaum, dass ich das müsste. Ich dachte, du hättest deine Gefühle klar gemacht." Zum ersten Mal schlich sich ein Schatten des Zweifels in seinen Geist. Er konnte sich doch nicht so geirrt haben, oder?

Sie schüttelte den Kopf, ihre Augen glänzten, ihr Mund war eine feste Linie, meilenweit entfernt von dem Kuss, den er sich in diesem Moment vorgestellt hatte, ihr zu geben. „Was auch immer ich gesagt habe, was auch immer ich für dich empfinde, es wird völlig überschattet von einem solchen Verhalten!"

„Dass ich dich bitte, mich zu heiraten, ist schlechtes Benehmen?"

„Ich wiederhole", sagte sie in einem gefährlich leisen Ton. „Du hast mich *nicht* gefragt. Stellst du dir wirklich vor, dass die öffentliche Bekanntgabe unserer Verlobung zur Heirat führen würde?"

„Ja." Es war die einzige Antwort, an die er denken konnte. Denn er hatte sich in einer Million Jahren kein anderes Ergebnis vorstellen können.

„Und allein in dieser Antwort weiß ich, dass wir niemals heiraten könnten."

„Wovon redest du?" Er wurde jetzt wütend. „Wir haben über die Zukunft gesprochen, du sagtest, du müsstest wissen, dass ich dich liebe, und ich habe dir gesagt, dass ich es tue. Was ist das Problem?"

Sie presste ihre Hand auf ihre Brust, wo ihr Herz darunter ruhte. „Das Problem ist, dass ich nicht glaube, dass du mich liebst. Alles, was ich weiß, ist, dass du mir die Worte gesagt hast."

„Aber du vertraust doch sicher meinem Wort?"

Ihr Zögern sagte alles. „Ich weiß, dass du glaubst, was du sagst, aber, Zavian, ich bin nicht sicher, ob deine Definition von Liebe die gleiche ist wie meine. Ich kann nicht daran glauben."

„Was muss ich dann tun, Gabrielle, damit du glaubst, dass ich dich liebe?"

„Du musst mehr tun, als es mir zu sagen, als wäre es etwas, das du abgehakt hast. Du musst mir zeigen, dass du Gefühle für mich hast."

„Du *weißt*, dass ich Gefühle für dich habe."

Sie verschränkte abwehrend die Arme vor der Brust. „Ich weiß, dass du mich in deinem Bett willst."

Er fuhr sich mit den Fingern durch die Haare und drehte sich weg. „Es ist mehr als das."

„Das sehe ich nicht."

Er breitete voller Wut und Frustration die Arme aus. Er war fassungslos. „Worte? Du willst Worte?"

„Ja. Ich will mehr als ein abgehaktes Kästchen. Ich will mehr als das wiedergekäute und mir entgegengeschleuderte Wort, als wäre ich ein Küken, das es zum Überleben braucht." Sie schüttelte den Kopf. „Aber dieser kleine Happen reicht nicht aus, um vorwärts zu kommen, reicht nicht aus, um daran zu glauben, reicht nicht aus, um unsere Beziehung damit zu erhalten."

Plötzlich wurde ihm klar. „Du glaubst mir nicht. Du denkst, ich lüge."

„Nein, da irrst du dich. Ich denke, du glaubst an das, was du sagst, aber für mich sind es Worte ohne Emotion. Es liegt nicht in den Worten."

„Worin liegt es dann?"

„Es liegt in dem, was dahinter steckt. Es liegt in deiner Art, in deinem Herzen, das durch deine Worte durchscheint."

Er zog seine Hand von ihr zurück und stemmte die Hände in die Hüften. „Also muss ich jetzt herausfinden, wie ich mein Herz zum Vorschein bringen kann? Du verlangst zu viel, Gabrielle. Zu viel." Damit drehte er sich um und stapfte davon. Zu schnell, um ihre Antwort zu hören.

„Ich verlange zu wenig."

KAPITEL 12

Sein Wesir wartete auf Zavians Rückkehr.

„Wo gehst du hin?", fragte Naseer. Zavian blieb wie angewurzelt stehen und schüttelte den Kopf.

„Zurück zum Empfang, natürlich."

„Da gibt's kein ‚natürlich'", sagte Naseer in einem Ton, der ganz anders klang als sein üblicher respektvoller. „Du und ich müssen reden."

„Naseer!", sagte Zavian. „Das Letzte, was ich jetzt will, ist mit dir zu reden."

„Zavian!", sagte Naseer im selben Ton. „Das ist etwas, das ich schon vor Jahren hätte tun sollen. Und auch getan hätte, wenn ich auf den Großvater des Mädchens gehört hätte, anstatt auf deinen Vater! Jetzt komm mit mir."

„Aber-"

„Der Rest kann warten, das hier nicht."

Naseers Ton zügelte Zavian. „Was ist passiert?"

Naseers Mund war eine feste Linie, als er ihm einen finsteren Blick zuwarf, bevor er zu einem Staatszimmer schritt. Zavian trat ein und Naseer schloss die Tür fest hinter ihnen. Der Raum lag im Schatten und war privat.

Keiner machte Anstalten, sich zu setzen. Naseer drehte sich um und verschränkte die Arme, den Rücken zur Tür. „Dein Vater war ein harter Mann, Zavian, und er war besonders hart zu dir."

Zavian zuckte mit den Schultern. „Das ist jetzt nicht mehr wichtig."

„Doch, ist es. Es hat dich zu dem Mann gemacht, der du heute bist. Auch hart, stark und entschlossen, aber du hast etwas verloren, was du als Junge im Überfluss hattest. Du hast deine Fähigkeit verloren, liebevoll zu sein, du hast aufgehört, deine Liebe zu zeigen, und schließlich hast du aufgehört, diese Liebe zu fühlen. Jede Emotion, die du hattest, wurde zu etwas anderem verdreht. Macht, Lust..." Naseer schüttelte die Hand und deutete damit eine Reihe anderer Dinge an. Dann zeigte er auf den Ort, wo gerade das Fest stattgefunden hatte. „Und das da drin zeigt deine Unfähigkeit." Er schüttelte den Kopf. „Ich war nachlässig. Ich dachte..."

„Was dachtest du?" Jeden Hinweis hätte Zavian dankbar angenommen.

„Ich dachte, dein Vater hätte recht. Zumindest eine Zeit lang. Ich dachte, dass das weiche Herz, das du in deiner Jugend hattest, vielleicht eine Schwäche war, ein Hindernis." Bedauernd presste er die Lippen zusammen. „Aber erst später wurde mir klar, dass dein Vater deine Zuneigung nicht auslöschen wollte, weil er sie für schwach hielt, sondern weil er eifersüchtig und ängstlich war." Er blickte Zavian direkt in die Augen. „Er war der schwache Mann. Und es war seine Schwäche, die sein Ende bedeutete. Du hast die Fähigkeit zur Größe, die dein

Vater nie hatte." Er trat näher an Zavian heran, näher, als es zwischen einem König und seinem Untertan üblich war. „Finde dein Herz wieder, Zavian. Denn nur das wird dich mit deinem Volk verbinden. Denn nur das wird dich mit der Frau verbinden, von der ich weiß, dass du sie tief in deinem Inneren liebst." Er nickte und trat zurück. „Das ist alles, was ich zu sagen habe. Geh jetzt und denke darüber nach, was ich gesagt habe. Deine Ankündigung ist gut aufgenommen worden, wenn auch mit einer gewissen Verwunderung über ihre Plötzlichkeit. Alle, außer deinem Kabinett und deinen Ministern, hatten eine Verlobung zwischen dir und der Scheicha von Tawazun erwartet."

„Das wird nun Roshan zufallen."

„Ja, und er sollte uns besser nicht enttäuschen. Aber das liegt an ihm und seinen Beratern, das zu verfolgen. Für uns hängt alles davon ab, dass du Gabrielle davon überzeugst, dass du sie wirklich heiraten willst. Sie liebt dich, das kann jeder sehen. Aber jeder kann auch sehen, dass sie eine außergewöhnliche Frau ist, die Sicherheit von ihrem Mann braucht, die sie im Rest ihres Lebens nie erfahren hat. Und das Einzige, worauf sie vertrauen kann, ist das Eine, was du in deinem Herzen wiederfinden musst." Der Wesir tippte Zavian bei den letzten Worten auf die Brust, in einer Geste, die für einen seiner Berater viel zu vertraut war, aber an ihre Beziehung erinnerte, als Zavian jung war.

Als Zavian Naseer weggehen und zum Empfang zurückkehren sah, um sicherzustellen, dass alle Wogen geglättet wurden, wurde ihm klar, dass er gerade einen Verweis erhalten und aufgefordert worden war, sich zusammenzureißen. Einen Moment lang schwankte er, ob er auf seinen Wesir wütend sein sollte, aber der Moment verging, und er lächelte in sich hinein. Denn er wusste, tief in seinem Inneren, dass Naseer Recht hatte.

Zavian kehrte in die Abgeschiedenheit seiner Gemächer zurück und schritt auf und ab. Er fühlte sich, als wäre er von einem Lastwagen überfahren worden. Er blieb am Fenster stehen und blickte gedankenverloren in die Nacht. Nein, kein Lastwagen, sondern die Kraft einer Frau, die ihr ganzes Leben lang keine Sicherheit und Liebe erfahren hatte, und einer Frau, die stark genug war, um für das einzustehen, was sie wollte.

Er rieb sich die Brust, wo ein tiefer Schmerz lag. Zwischen Gabrielle und seinem Wesir fühlte er sich, als wäre sein Herz wie eine Walnussschale aufgebrochen worden und hätte einen zarten, scheuen, verletzlichen Kern offenbart. Seine Liebe ging tief, körpertief, seelentief. Die einzige Frage war, wie er sie angesichts all der anderen herzlosen Dinge, die er in seinem Leben getan hatte, die er ihr angetan hatte, davon überzeugen konnte, dass er sie liebte - wahrhaftig und für immer.

Er hörte auf, an seinem Schreibtisch auf und ab zu gehen, und blickte hinunter. Ihr Name tauchte vor seinen Augen auf. Die Monografie, die sie über den Khasham-Koran geschrieben hatte. Dr. Gabrielle Taylor. Er schlug sie auf. Worte, voller Worte. Worte, die sorgfältig zusammengefügt waren, um ein Ganzes zu schaffen, eine Wahrheit, die nun niemand mehr bestreiten konnte. Vor ihrer Monografie hatte es Unsicherheit über die Ursprünge gegeben, aber die Worte hatten alles bestätigt. Ohne die Worte war alles ungewiss, aber jetzt, mit ihnen, gab es eine einzige Wahrheit, die niemand anfechten konnte. Niemand.

Er schloss ihr Buch, setzte sich und legte den Kopf in die Hände. Sein Kopf pochte mit der schmerzhaften Erkenntnis, dass er so vieles so falsch gemacht hatte. Mit seiner Vorliebe für Schwarz und Weiß hatte er ihr die Worte einfach ins Gesicht gesagt, ihr mitgeteilt, dass er sie liebte. Aber das reichte nicht aus, um die Bedeutung zu vermitteln. Dafür brauchte er Subtilität und Leidenschaft. Dafür... sein Blick wanderte zu dem Gedichtband... brauchte er Poesie.

Es war früh am nächsten Morgen, als er durch den Palast zu Gabrielles Gemächern ging. Nach einer schlaflosen Nacht konnte er nicht länger warten. Er klopfte an die Tür, aber niemand antwortete. Er zögert, holt sein Handy heraus und ruft an. Aber wieder keine Antwort, und es klingelte auch nicht im Zimmer. Er klopfte erneut. Zögernd öffnete er die Tür, aber bei dem, was er sah, verließ ihn alle Zurückhaltung. Das Zimmer war leer, seine Sachen waren verschwunden. Er stürzte hinein, um zu sehen, ob etwas zurückgelassen worden war. Aber da war nichts.

Er rief das Hauspersonal an. Sie hatten ihr Zimmer aufgeräumt, wie sie es vor ihrer Abreise erbeten hatte.

Wohin abgereist? Niemand wusste es.

„Dann findet es heraus!" Er knallte den Hörer auf. Zavian stürmte auf die Terrasse, packte die Mauer und blickte über seine Stadt, als hoffte er, sie zu finden. Die Hitze war intensiv, sowohl in ihm als auch draußen. Er brauchte Luft, er musste atmen. Aber vor allem brauchte er sie.

Sein Handy klingelte und er nahm sofort ab. Er legte auf, sobald er die benötigte Information erhalten hatte. Ihr Handy war zu einem Standort in der Wüste zurückverfolgt worden. Als er sein Handy zurück in die Tasche steckte, ging er die Möglichkeiten durch. Nein, es gab nur einen Ort, an den sie gegangen sein konnte. Und es war nicht die Grenze, wie andere vorgeschlagen hatten. Es war irgendwo viel bedeutungsvoller. Es war ein Ort, an den er sie bei ihrer Ankunft nicht hatte gehen lassen. Sie kehrte an den einzigen Ort zurück, an dem sie sich je sicher gewesen war, geliebt zu werden.

Gabrielle legte den Gang des Landrovers ein und fuhr nach Norden, in die Wüste. Es war der Ort, an dem sie sein wollte, und sie war sicher, dass niemand dort nach ihr suchen würde, am allerwenigsten Zavian.

Es war Nacht, als sie ankam. Das alte Haus war jetzt verlassen, und das nahegelegene Dorf war ruhig. Ein schmaler Mond hing über dem Horizont, und die Sterne begannen zu erscheinen. Sie fuhr an die hohen Mauern heran und schloss die Tore auf. Die Schlüssel waren immer an ihrem Schlüsselbund gewesen. Im vergangenen Jahr waren sie nur eine Erinnerung an ein früheres Leben gewesen, aber jetzt waren sie wieder nützlich. Sie parkte den Landrover vor den Ställen, die jetzt leer von ihren weißen Araberpferden waren. Die Scharniere an den Holztüren hatten sich gelöst, die Türen hingen schief.

Sie stieg aus dem Fahrzeug und ließ ihre Taschen an der Haustür stehen. Sie würde sich später in ihr altes Familienhaus einlassen. Aber jetzt würde sie zum letzten Mal den Ort erkunden, an dem ihr Großvater sie aufgezogen und ihr die Bedeutung der Liebe beigebracht hatte.

Sie stieß das Tor zum ummauerten Innenhof auf und

wurde sofort in die Vergangenheit zurückversetzt. Hier, geschützt vor den heftigen Wüstenwinden und genährt von den unterirdischen Bächen, gediehen die Pflanzen, Sträucher und Bäume immer noch. Eine Schwalbe flog über sie hinweg und fing die letzten Insekten in der rasch schwindenden Dämmerung. Der Duft der Blumen und Sträucher war überwältigend nach der Trockenheit der Wüste.

Sie ging den Pfad entlang, der zur Mitte der Gärten führte. Sie strich mit den Fingern über die Blätter, klebrig vom Nektar, und blickte in die hochragenden Bäume, die seit Jahren von keiner Gärtnerhand berührt worden waren. Dann hörte sie es, einen Singvogel und das Plätschern von Wasser.

Sie folgte dem Klang zum zentralen Brunnen. Ein kleiner Vogel hatte seinen Schnabel zurückgelegt und sang laut in die Stille der Wüste hinein.

„Nur du und ich, Vögelchen", sagte sie und setzte sich auf die Bank. Der Vogel sang weiter, irgendwie zahm, nicht erschreckt von diesem Fremden inmitten seiner Einsamkeit.

Sie hätte nicht sagen können, wie lange sie dort saß und dem Vogel zuhörte, aber plötzlich wurde ihr bewusst, dass er aufgehört hatte zu singen und nicht mehr auf dem Brunnen war. Und dass die Dunkelheit hereingebrochen war. Ein verirrter Mondstrahl filterte durch die Blätter und warf schimmernde Schatten über das Wasser. Erst da kamen die Tränen.

Sie blieb regungslos sitzen, während die Tränen aus ihrem tiefsten Inneren über ihr Gesicht strömten. Sie hatte sie zu lange zurückgehalten, das wusste sie. Seit jenem Tag vor zwölf Monaten, als ihr klar geworden war, dass sie Zavian verlassen musste. Und ihr mit gleicher Gewissheit klar geworden war, dass sie ihn liebte.

Sie hatte ihr Bestes getan, um das Richtige zu tun, genau wie ihr Großvater es ihr immer gesagt hatte. Und sie würde nichts Geringeres als Liebe akzeptieren, genau wie ihr Großvater es ihr gesagt hatte. Er hatte ihre Großmutter in jeder Minute ihres kurzen Lebens geliebt, genau wie ihre Eltern einander geliebt hatten. Ihr Großvater hatte ihr in allem, was er tat, in allem, was er sagte, gezeigt, dass es nichts Wichtigeres gab als die Liebe.

Also war sie von Zavian weggegangen und hatte sichergestellt, dass er ihr nicht folgen konnte. Damals war sie überlistet worden, aber sie würde sicherstellen, dass sie jetzt nicht überlistet wurde, denn sie weigerte sich, in diesem einen Punkt Kompromisse einzugehen. Sie wusste, was mit Paaren ohne Liebe passierte. Zavians Eltern waren Beispiele dafür.

Sie hatte geglaubt, er hätte sie hierher gebracht, um sie dafür zu bestrafen, dass sie ihn verlassen hatte, indem er ihre Leidenschaft neu entfacht und sie dann weggeworfen hatte. Angesichts seiner Wut war Vergeltung das Einzige, was sie sich vorstellen konnte. Schließlich war ihr Vater darin ein Experte.

Und vielleicht war es am Anfang auch so gewesen, aber jetzt wollte er sie zurück. Aber wie sollte sie bleiben, wenn er sie nicht liebte? Wenn die Mauern um sein Herz so dick waren, dass sie sich weigerten zu fühlen, was, wenn die Umstände diktierten, dass sie nicht länger bei ihm sein durfte? Was, wenn die Menschen sich gegen sie wandten und sie weghaben wollten? Ohne Liebe war sie überflüssig. Und das wollte sie nicht sein. Sie war mehr wert. Die Liebe ihrer Eltern und Großeltern füreinander hatte ihr das gezeigt, und die beständige Liebe und der Rat ihres Großvaters hatten es ihr nach Hause gebracht.

Plötzlich fühlte sie sich unglaublich müde. Erschöpft. Ausgelaugt. Alles, was sie wollte, war sich zusammenzurollen und aufzuhören zu denken, aufzuhören zu fühlen. Sie atmete tief die vertraute, duftende Luft ein – Luft, die sie beim Aufwachsen umgeben hatte – und ließ sie in ihren Körper eindringen, um ihre angespannten Nerven zu beruhigen. Sie gab der Versuchung nach und legte sich hin. Innerhalb von Sekunden war sie eingeschlafen.

Zavian schloss seine Tür mit einem festen Klicken und blickte zu dem Haus hinauf, in dem er sich in Gabrielle verliebt hatte. Damals natürlich hatte er es sich nicht eingestanden. Erst jetzt konnte er es, und er sah es mit anderen Augen. Die traditionelle Fassade des Gebäudes, der Geruch der trockenen Wüstenluft, vermischt mit den Düften aus dem üppigen Garten, brachten ihn sofort zurück in jene Tage, als sie einander zum ersten Mal entdeckt hatten. Die Eindrücke und Geräusche umgingen seinen Verstand – den Ort, an dem er sein Leben gelebt hatte – und gingen direkt zu dem Ort, den er sein ganzes Leben lang geleugnet hatte, bis jetzt – sein Herz.

Er rieb mit dem Handballen über seine Brust, um den Schmerz loszuwerden, der zunahm, als ihm klar wurde, dass er Gabrielle vielleicht verpasst und verloren hatte. Die Zeit lief ihm davon. Er sah sich mit wachsender Verzweiflung im Gebäude um. Keine Lichter waren an. Für einen Moment fragte sich Zavian, ob er mit ihrem Zielort richtig gelegen hatte. Dann leuchtete er mit dem Licht seines Handys den Innenhof ab, und es fing den Schimmer eines Fahrzeugs ein, das vor den Ställen geparkt war. Er ging hinüber. Es war definitiv ihres. Aber wo war sie? Er warf einen flüchtigen Blick in die Ställe, aber dort gab es keine Spur von ihr, auch nicht im Fahrzeug. Und im Haus waren keine Lichter an.

Dann hörte er es – den Ruf eines nachtaktiven Vogels in den Gärten. Er stieß einen erleichterten Seufzer aus. Natürlich. Sie hatte diese Gärten immer geliebt. Er stieß das Tor auf und ging den Umriss der Gärten entlang, prüfte jede Laube sorgfältig, bevor er weiterging. Der äußere Pfad wand sich wie eine Schneckenschale nach innen und näherte sich immer mehr seinem zentralen Merkmal – dem Brunnen.

Er hielt inne, sobald er sie sah. Sie hatte sich auf der Bank zusammengerollt, ihren Kopf auf den Arm gestützt, dem Brunnen zugewandt, als hätte sie dort Frieden gefunden, bevor ihre Augen zufielen. Im Mondlicht konnte er sehen, dass ihre Gesichtszüge entspannt waren, aber unter ihren Augen war ein glitzernder Fleck, und ihre Abaya, gegen die ihre Wange gedrückt war, war dunkel von Tränen.

Sein erster Impuls war, zu ihr zu gehen, sie in seine Arme zu ziehen und sie festzuhalten, bis der Schmerz verging. Aber jetzt wusste er, ihretwegen, dass er den Schmerz nicht auslöschen konnte. Es lag jenseits seiner Fähigkeit, Menschen zu kontrollieren, Menschen zu ändern, den Schmerz verschwinden zu lassen oder Glück zu bringen. Alles, was er tun konnte, war für sie da zu sein, zu versuchen, ihr zu helfen, wenn sie Hilfe wollte, und sie zu bitten zu bleiben. Und um das zu tun, musste er sich selbst kontrollieren, niemand anderen. Er holte tief Luft, ballte seine Hände und trat vor.

Das Plätschern des Wassers hatte sie in den Schlaf gewiegt, und das gleiche Gefühl des Friedens erfüllte sie, als sie erwachte. Gabrielle öffnete nicht sofort die Augen. Die Stimme in ihrem Kopf war so beruhigend wie das Wasser, das aus dem kaputten Brunnen über die einst prächtigen Pflastersteine in den üppigen Garten floss. Dann hörte sie ihn wieder - ihren Namen. Und er war nicht mehr in ihren Träumen.

Sie öffnete erschrocken ihre Augen und versuchte herauszufinden, wo sie war und, noch wichtiger, bei wem sie war.

Der Mond stand jetzt höher und gemeinsam mit den Sternen verliehen sie der Landschaft – den Blättern, dem Wasser, dem Stein – ein silbernes Geheimnis.

„Gabrielle?", seine Stimme war sanft, aber unverkennbar.

Sie sprang mit einem Schrei auf. „Zavian! Was machst du hier?"

Er bewegte sich nicht, saß einfach da und sah zu ihr auf, machte keine Anstalten, zu ihr zu kommen. Sie presste ihre Hand gegen ihr Herz. „Du hast mich erschreckt. Ich dachte, ich wäre allein."

„Es tut mir leid, dich zu überraschen, aber du weißt, wir konnten es nicht so lassen."

Sie trat von ihm weg, nicht wissend, wofür er hier war, unsicher, was kommen würde. „Du irrst dich. Wir *müssen* es so lassen."

Er streckte die Hand nach ihr aus, und sie konnte nichts anderes tun, als sie anzunehmen. Er schob seine Finger durch ihre und hielt sie wie einen Rettungsanker fest.

„Es tut mir so leid für alles, was passiert ist."

„Du bist hergekommen, um dich zu entschuldigen?"

„Unter anderem, ja. Ich habe versucht, dich zu kaufen,

Gabrielle." Er schüttelte den Kopf. „Selbst wenn ich diese Worte sage, klingt es verrückt. Ich kann kaum glauben, dass ich das getan habe."

„Verrückt ist noch untertrieben."

„Und ich weiß, du bist wütend auf mich, zu Recht. Aber ich bin jetzt ein anderer Mensch. Du hast mich zu diesem anderen Menschen gemacht."

„Nicht zu anders, hoffe ich", sagte sie mit einem schwachen Lächeln.

„Ich liebe dich, Gabrielle. Und ich kann ohne dich nicht leben."

Ihre Augen füllten sich mit Tränen, als sie die Worte hörte, auf die sie so lange gewartet hatte, um das Gebet zu glauben, das er ihr dargebracht hatte. Ihr Verstand wurde still, und ihre Sprache gefror. Die Stille zwischen ihnen wurde nur vom Rascheln der Blätter gebrochen, die über den Schutz der Mauer hinausgewachsen waren, und vom Murmeln des Wassers, das über die von Unkraut verstopften Rinnen floss.

„Gabrielle...", seine Worte klangen, als wären sie ihm entrissen worden. „Sprich mit mir."

Sie holte keuchend Luft und weigerte sich, seinen Worten zu glauben. Sie musste sie für bare Münze nehmen. Sie konnte es sich nicht leisten, etwas anderes zu tun. „Du sagst nur die Worte, von denen du weißt, dass ich sie hören will."

Er schüttelte den Kopf. „Nein. Nicht mehr. Gabrielle, ich kann nicht mehr sprechen, ohne zu fühlen."

Er leckte sich über die Lippen, und dann begann er zu sprechen, und Gabrielle konnte ihren Ohren kaum trauen.

„Zwischen dem, was gesagt und nicht gemeint ist

Und dem, was gemeint und nicht gesagt ist
Geht das meiste der Liebe verloren."

Dies war kein prägnanter, mit Aufzählungspunkten versehener Satz, keine Anweisung, keine nachdrückliche Aussage. Dies war Poesie. Nachdem er zu Ende gesprochen hatte, schüttelte sie den Kopf und wagte kaum, ihren Ohren zu trauen.

„Das meiste der Liebe geht verloren' von Gibran Khalil Gibran", murmelte Gabrielle.

Zavian nickte. „Es schien passend." Er zuckte mit den Schultern. „Ich habe versagt, Gabrielle, dich davon zu überzeugen, dass ich dich liebe. Jedes Mal, wenn ich es versuchte, schien ich dich weiter von mir wegzutreiben. Ich bin nicht gut mit Worten und wie der Dichter sagt, sehe ich meine Liebe wie Rauch in der Luft verschwinden, verloren zwischen gesagten und ungesagten Worten." Er öffnete seine Arme in einer Geste der Kapitulation. „Das war's. Ich habe keine Worte mehr zu sagen oder ungesagt zu lassen. Es liegt an dir, an meine Liebe zu glauben, oder sie ist verloren. Vertraust du darauf, dass meine Liebe echt ist? Darauf läuft es hinaus."

Gabrielles Stirnrunzeln vertiefte sich, und sie blickte ihn unsicher und nervös an. Sie nickte, zu schnell, als ob sie versuchte, etwas zu verstehen. Aber immer noch sprach sie nicht.

Er lächelte. „Dir scheinen die Worte zu fehlen, also muss ich fortfahren. Ohne dich ist mein Leben nur ein halbes Leben, ein Leben hinter einem schweren Vorhang, das in die Welt hinausblickt, ohne sie zu hören, zu fühlen oder an ihr teilzuhaben. Du hast mir gezeigt, dass man das Leben nicht nur mit Kalkül leben kann. Es braucht Herz. Und du hast meins." Er führte ihre verschränkten Hände an seine Lippen und küsste ihren Handrücken. „Du siehst, ich kann nicht ohne dich sein. Denn wenn du gehst, nimmst du mein Herz mit, und das kann ich nicht überleben."

Sie lachte halb und schluchzte halb.

„Heirate mich, Gabrielle. Bitte, heirate mich. Gemeinsam können wir alles bewältigen, was auf uns zukommt. Wir sind zusammen stärker. Wir sind zusammen richtig. Wir sind füreinander bestimmt. Ich fühle es zutiefst, tief hier drinnen. Bitte, heirate mich. Willst du dein Leben mit mir teilen, willst du mich lieben, und willst du meine Kinder zur Welt bringen, wirst du mir erlauben, für dich zu sorgen, dich anzubeten, dich immer zu schätzen und von dir besessen zu sein, für immer?"

„Für immer ist eine lange Zeit", sagte sie mit einem Lächeln.

„Zu lang ohne dich. Nicht lang genug mit dir."

Sie grinste und schüttelte den Kopf.

„Heirate mich, Gabrielle."

Sie nickte. „Ja."

Es war das einzige Wort, das herauskommen konnte, bevor seine Lippen die ihren für einen Kuss in Anspruch nahmen, der sich anfühlte, als würde er tausend Jahre dauern... oder zwei.

EPILOG

Zavian stand mit seinen beiden Freunden – Amir und Roshan – da und beobachtete, wie seine Hochzeitsfeier zu Ende ging. Dank Gabrielle und ihrer neuen besten Freundin Ruby, Amirs Frau, war der normalerweise nüchterne Empfangssaal in eine Partyzone verwandelt worden, komplett mit Lichtern, Tanzfläche und Luftballons, Letztere ein Geschenk von Ruby und Amirs Sohn Hani.

Jetzt, am Ende des Tages, waren einige der Luftballons auf den Marmorboden gesunken. Er bemerkte, wie Naseer mit den Fingern schnippte, damit jemand sie wegbrachte. Er lächelte in sich hinein. Egal wie sehr Naseer Gabrielle ins Herz geschlossen hatte, er bezweifelte, dass Naseer sich jemals an Ungezwungenheit im Palast gewöhnen würde.

„Du hast jedenfalls keine Zeit verschwendet", sagte Roshan und nahm einen Schluck Champagner. Er deutete auf Zavians Berater Naseer. „Ich wette, der alte Mann war nicht begeistert, nur einen Monat Zeit für die Organisation der Hochzeit zu haben."

Zavian lächelte, als er sich an Naseers Reaktion erinnerte. „In der Tat. Aber er hat keinen Aufstand gemacht. Ich glaube, er war erleichtert, dass ich überhaupt heirate."

„Dass dich überhaupt jemand nimmt", fügte Amir mit einem Lächeln hinzu.

Zavians Blick ruhte auf Gabrielle, die sich mit Ruby und Hani unterhielt. „Sie hätte es fast nicht getan", kommentierte er.

„Nein", sagte Roshan. „Sie ist viel zu klug, um einen reichen, mächtigen König für eine gute Partie zu halten."

Zavian ignorierte Roshans Kommentar. Zavian wusste, dass Roshan es ernst meinte, trotz des sarkastischen Untertons. Trotz seines selbstsicheren Auftretens gab es etwas sehr Unsicheres im Kern von Roshan. Manchmal war sich Zavian nicht einmal sicher, ob Roshan sich selbst mochte. Aber er war zu sehr auf Gabrielle fokussiert, um Roshan weiter zu hinterfragen.

„Du hast Recht. Es musste Liebe sein", sagte Zavian. „Und wie es der Zufall will, bin ich wahnsinnig in sie verliebt." Die Worte der Liebe kamen jetzt leicht über seine Lippen.

Gabrielle strahlte im sanften Licht und überstrahlte alle anderen Frauen in ihren glitzernden Kleidern. In diesem Moment blickte Gabrielle auf und fing seinen Blick auf. Sie lächelte, dieses wunderbar warme Lächeln, das sein Innerstes und seine tiefsten Regionen erwärmte. Er sog scharf die Luft ein, als er sich vorstellte, sie ins Bett zu nehmen. Ihr Liebesspiel war schon immer berauschend gewesen, aber in den letzten Wochen war es noch intensiver geworden. Gabrielle reagierte empfindsamer denn je auf seine Berührungen.

Roshan stöhnte. „Um Himmels willen, bring sie jetzt ins Bett und bring's hinter dich." Er schüttelte den Kopf, und Amir lachte.

Amir klopfte Roshan auf den Rücken und wandte sich an Zavian. „Unser Freund Roshan ist ein Zyniker, Zavian."

Widerwillig wandte Zavian seinen Blick von Gabrielle ab, die mit Ruby und Hani auf ihn zukam. „Ja, aber nicht mehr lange. Die Prinzessin von Tawazun ist wunderschön, und du hast schöne Frauen schon immer zu schätzen gewusst, Roshan. Vielleicht entwickelt sich die Wertschätzung ja zu Liebe."

Roshan zuckte mit den Schultern und sah sich um, als würde er jemanden suchen. Zavian runzelte die Stirn. Irgendetwas an Roshan war heute Abend unruhig, das war anders. Sonst war er die Seele der Party. Aber heute Abend wirkte er fast gedämpft. Zavian öffnete den Mund, um Roshan zu fragen, was los war, als seine Gedanken von Gabrielles Berührung an seinem Arm unterbrochen wurden. Er zog sie in seine Arme und küsste sie. Es war ihm egal, wer es sah, er betete seine neue Frau an.

Es war Gabrielle, die sich zuerst löste und einen wissenden Blick mit Ruby austauschte.

„Komm, Amir, wir müssen los", sagte Ruby, die aussah, als käme sie gerade von einem Fotoshooting – atemberaubend wie immer. „Es ist weit nach Hanis Schlafenszeit."

Amir, Ruby und Hani verabschiedeten sich, und Zavian und Gabrielle sahen ihnen nach.

„Hani ist ein anderer Junge, jetzt wo er gesund ist", sagte Zavian.

„Und jetzt, wo er bei seiner Mutter ist. Ruby ist eine erstaunliche Mutter. Sie ist übrigens schwanger."

„Das ist gut. Ein Bruder oder eine Schwester für Hani. Amir wollte schon immer eine große Familie."

Gabrielle stellte sich vor ihn und verschränkte ihre Finger in seinem Nacken, während sie mit einem geheimnisvollen Lächeln zu ihm aufsah. „Und du?"

Er hatte fast vergessen, worüber sie sprachen.

„Ob ich was?"

„Eine große Familie willst?"

„Riesig. Ich will viele, viele Kinder, Gabrielle", murmelte er, während er sie küsste. „Tatsächlich denke ich, wir sollten jetzt gehen und weiter an diesem besonderen Ziel arbeiten. Es gibt keine Zeit zu verlieren."

Sie lachte, ein köstliches Kichern, das sich um das Herz wickelte, das er so viele Jahre ignoriert hatte.

„Wie es der Zufall will, mein Liebster", sagte sie, „scheint das erste Mal ausgereicht zu haben."

„Ausgereicht?", flüsterte er. Er wagte kaum, ihrer Bedeutung zu glauben. „Gabrielle?"

Sie nickte, und ihre Augen schwammen in Tränen. Aber es waren keine traurigen, ihr breites Lächeln verriet ihm das. Sie nahm seine Hand und legte sie auf ihren Bauch, und zum ersten Mal bemerkte er die Bedeutung der leichten Verdickung um ihre Taille. Offenbar nicht das Ergebnis ihres gesteigerten Appetits.

„Ich bin schwanger, Zavian. Es muss in der Nacht des *Khamseen* in der Höhle passiert sein."

Wenn er jemals Zweifel am Zustand seines Herzens gehabt hatte, wurden sie von dem, was er jetzt fühlte, weggeblasen. Er hatte gedacht, er könnte sie nicht mehr lieben; er hatte sich geirrt.

„Ich liebe dich, Gabrielle." Er streichelte ihren Bauch, wo seine Hand noch lag.

Sie lachte. „Ich glaube, das weiß ich jetzt, Zavian. Du sagst es mir oft genug."

Er küsste ihre Stirn. „Und ich werde es dir immer wieder sagen" - er küsste ihre Nase - „an jedem Tag unseres langen gemeinsamen Lebens." Er verweilte mit dem Kuss auf ihren Lippen. „Zeit zum Schlafengehen, meine Königin."

Hand in Hand gingen sie durch den sich leerenden Empfangssaal und hinaus in den Garten. Als Zavian den Garten überblickte, hielt er inne. Für einen Moment glaubte er, Roshan gesehen zu haben, dessen große Gestalt sich kurz in einem Fleck Mondlicht abzeichnete. Er war nicht allein. Das Profil einer Frau wurde ebenfalls vom Mondlicht eingefangen, aber es war niemand, den er erkannte. Er zuckte mit den Schultern. Zweifellos trieb Roshan wieder seinen Schabernack, wie immer.

Er hoffte nur, dass, was auch immer er tat und mit wem auch immer er es tat, es nicht die Zukunft der drei Scheichs von Havilah gefährdete.

ENDE

Kaufen Sie jetzt das nächste Buch der Serie!

Die verbotene Liebhaberin des Scheichs - *Ein Playboy-Scheich und eine wunderschöne Scheicha, geboren als Feinde.*

Hier ist eine Rezension von **Die verbotene Liebhaberin des Scheichs**, um Ihnen einen Vorgeschmack darauf zu geben, was Sie erwartet.

„Hervorragend... Habe jede Minute dieses Buches geliebt. Ich liebe Scheich-Bücher und verbotene Liebe." (Amazon.com)

Vielen Danke, dass Sie *Gekauft vom Scheich* gelesen haben. Ich hoffe, es hat Ihnen gefallen! Rezensionen sind immer willkommen - sie helfen mir und potenziellen Lesern bei der Entscheidung, ob ihnen das Buch gefallen würde.

Wird es also Havilahs notorischer Schürzenjäger, Scheich Roshan, sein, der zum Wohle seines Landes eine Vernunftehe eingehen muss? Seine Geschichte wird als nächstes in *Die verbotene Liebhaberin des Scheichs* erzählt!

Die Serie der **Scheichs von Havilah** umfasst:

Das geheime Baby des Scheichs
Gekauft vom Scheich
Die verbotene Liebhaberin des Scheichs (Auszug folgt)
Kapitulation vor dem Scheich
Genommen für den Harem des Scheichs

Viel Spaß beim Lesen!

Diana
dianafraser.com

DIE VERBOTENE LIEBHABERIN DES SCHEICHS

BUCH 3 DER SCHEICHS VON HAVILAH

Ein Playboy-Scheich und eine schöne Scheichin, geboren, um Feinde zu sein!

Scheich Roshan al-Haidar hat kein Problem damit, um des lieben Friedens willen in eine lieblose, arrangierte Ehe einzuwilligen. Denn wie kann man lieben, wenn das Herz aus Stein ist? Doch nach einer leidenschaftlichen Begegnung auf einem Maskenball ist Roshan besessen von einer geheimnisvollen Blondine.

Als Shakira Roshan auf dem Ball begegnet, hat sie keine Ahnung, wer er ist. Und obwohl sie sich auf ein gefährliches Spiel einlässt, bleibt sie, nachdem sie herausgefunden hat, wer er ist, noch zwei Tage bei ihm, weil sie zur Abwechslung einmal etwas für sich selbst und nicht für ihre Familie und ihr Land tun will.

Doch ihre gemeinsame Zeit läuft ab, ihre Identität kommt ans Licht und plötzlich bricht die Hölle los...

Auszug

Es war dunkler in diesem inneren Garten, und die Musik, das Lachen und das Summen der Gespräche waren jetzt kaum noch zu hören. Das einzige Licht kam von den Sternen über ihnen, die in dieser mondlosen Nacht hell strahlten. Alles, was er tun musste, war, sie über den Garten zu führen, und er wäre in seinem Schlafzimmer. Aber er tat nicht immer sofort, was er wollte. Wo wäre da der Spaß?

Stattdessen hielt er an einer Liege an, die unter einer Pergola stand, die mit duftenden Pflanzen überwuchert war. Sie war tief und gepolstert - perfekt für Abenteuer im Freien, aber auch für Zeiten, in denen er allein sein und nachdenken wollte. Aber Nachdenken stand ihm in diesem Moment nicht im Sinn.

Seine Mata Hari ging ein paar Schritte vorwärts und drehte sich dann zu ihm um, als er nicht über die Liege hinausging. Ihre goldene Maske und ihre üppigen roten Lippen fingen das Sternenlicht ein, und er sog scharf die Luft ein. Er hoffte, dass sie nicht weiter gehen wollte, denn er war hart und bereit für sie, nur weil er ihre Hand hielt. Er wollte sie hier und jetzt.

Sie neigte den Kopf zur Seite, als ob sie fragen wollte, ihr federgeschmückter Kopfschmuck streifte sein Gesicht. „Wir sind die Einzigen hier", sagte sie. „Warum ist das so?"

„Vielleicht weil die anderen Balzrituale durchführen, die wir umschifft haben." Er hielt inne. Für einen Moment fragte er sich, ob er die Signale falsch gedeutet hatte. Dann lächelte sie, ging zu ihm hinüber, fuhr mit dem Finger an seinem Kiefer entlang und schnippte gegen sein Kinn.

„Ich glaube, der Teufel in dir", sagte sie provokativ, „ist gerade zum Vorschein gekommen."

Auch von Diana Fraser

Die bequemen Bräute des Scheichs
Gestrandet mit dem Scheich
Vom Scheich verführt

Diamant-Scheichs
Auf Befehl des Scheichs
Auf Geheiß des Scheichs
Zum Vergnügen des Scheichs

Die Geheimnisse der Scheichs
Die Rache des Scheichs durch Verführung
Das geheime Liebeskind des Scheichs
Die Heiratsfalle des Scheichs

Die Scheichs von Havilah
Das geheime Baby des Scheichs
Gekauft vom Scheich
Die verbotene Liebhaberin des Scheichs
Hingabe an den Scheich
Entführt in den Harem des Scheichs

Wüstenkönige
Gesucht: Eine Ehefrau für den Scheich
Die Schnäppchenbraut des Scheichs
Der verlorene Liebhaber des Scheichs
Vom Scheich geweckt
Beansprucht vom Scheich
Gesucht: Ein Baby vom Scheich

Britische Milliardäre

Die Vertragsehe des Milliardärs
Der unmögliche CEO des Milliardärs
Das geheime Baby des Milliardärs

Italienische Romanze

Der perfekte Liebhaber des Italieners
Vom Italiener verführt
Der leidenschaftliche Italiener
Unbeabsichtigte Weihnachten

Die Mackenzies

Ein Ort Namens Heimat
Die Geheimnisse der Parata Bay
Flucht nach Shelter Springs
Was Sie in den Sternen sehen
Zweite Chance in Whisper Creek
Sommer im Lakehouse Café

Laternenbucht

Deines zu Geben
Deines zu Schätzen
Deines zu Hegen
Deines zu Halten
Deines für Immer
Deines zu lieben

ÜBER DEN AUTOR

Diana schreibt Liebesromane mit Geschichten, die einen zum Umblättern der Seiten anregen, und mit Figuren, die sich real anfühlen – seien es Scheichs, britische Milliardäre, mittelalterliche Ritter oder ganz normale Menschen, deren Leben normalerweise alles andere als gewöhnlich ist (zumindest in ihren Büchern!).

Sie lebt im wunderschönen Neuseeland, nördlich von Wellington, in einem kleinen Dorf am Meer. Sie ist eine begeisterte Menschenbeobachterin, hoffnungslose Romantikerin und Träumerin, die viel zu viel Zeit damit verbringt, aus dem Fenster zu schauen und sich Szenen vorzustellen, in denen Menschen mit dem Leben und ihren Gefühlen zu kämpfen haben, die aber immer ein Happy End haben. Denn ja, sie ist auch eine ewige Optimistin!

Mehr über sie erfahren Sie auf ihrer Website — dianafraser.com.